M. Grossman

Sexpolis

M. Grossman

Sexpolis

JAM 2015

Redakcja i korekta: Janina Granas-Olewińska
Projekt okładki: Robert Chmielewski

grossman@alternatywa.com

ISBN: 978-83-942595-9-4

Rozdział 1

– Nie puścimy tego gówna. Kto to w ogóle jest? Pajac, nikt więcej. To nie zainteresuje naszych czytelników.

– Ależ panie redaktorze, tematy mają uprzedzać fakty, prawda? I taki jest właśnie mój reportaż. Jeśli trzeba, poprawię go, trochę podrasuję. O tym człowieku będzie jeszcze głośno, więc lepiej, żebyśmy napisali o nim pierwsi.

– Dobrze, spróbuj poprawić, ale w bieżącym numerze już się nie zmieści.

Tak zakończyła się rozmowa z naczelnym. Wyszedłem z gabinetu wkurzony. Zmarnowałem weekend i mnóstwo benzyny, bo Jan Lisoń robił kampanię w iście amerykańskim, jak na polskie warunki, stylu. Świątek czy piątek spotykał się z ludźmi. I to kilka razy dziennie. Funkcjonował jak dobrze zaprogramowany cyborg. Jednak nie Lisoń pierwszy mnie zaintrygował, lecz ludzie, których przyciągał jak magnes. Na spotkania z nim przychodziły tłumy. Gdy wszedłem na wiec i zacząłem słuchać, olśniło mnie. Facet poruszał tematy, o których nie chcieli bądź bali się mówić inni politycy. W Gdyni, Słupsku, Koszalinie... wszędzie zgromadzeni bili mu brawo. Ba, były nawet owacje na stojąco. Niebanalna postać i ciekawy ruch społeczny, który szykował się do zdobycia władzy w Polsce. Bo takie właśnie aspiracje miał lider formacji, Jan Lisoń.

Umówiłem się z nim na rozmowę w trakcie kampanii, którą prowadził na Pomorzu. Liczyłem, że tekst na tym zyska. Nie pomyliłem się, przewodniczący stowarzyszenia „Teraz Zmiana" mówił barwnie, nie unikał trudnych tematów, a wręcz je prowokował. Był pewny siebie. Kreował się na Larry'ego Flynta polskiej sceny politycznej. A przynajmniej próbował się na nią wdrapać. W mediach wykpiwany, na ulicy hołubiony. Muszę przyznać, że intrygował.

Artykuł wyszedł znakomicie. Przyniosłem do redakcji materiał wraz ze zdjęciami przekonany, że naczelny przyjmie go z zadowoleniem. Jednak coś mu się nie spodobało. Co? Nie wiedziałem. Wściekły wracałem do domu. Zakorkowane miasto podkręcało jeszcze mój podły nastrój. Samochód włókł się niemiłosiernie, a ja używałem słów uznawanych powszechnie za niecenzuralne. Raz na jakiś czas, z powodów dla mnie i reszty zespołu redakcyjnego niezrozumiałych, stary odrzucał nawet dobre teksty. A ten przecież był niezły. Nie miałem co do tego żadnych wątpliwości.

Byłem młodym, ambitnym dziennikarzem, który od pół roku pracował w jednym z najbardziej znanych ogólnopolskich tygodników. Lubiłem swoją pracę. Dzięki niej poznawałem wielu ciekawych ludzi i zjeździłem pół Polski. Miałem ambicje i marzenia, a ta profesja pozwalała mi je realizować. Wcześniej, zaraz po ukończeniu studiów dziennikarskich, zatrudniłem się w korporacji na stanowisku kierownika do spraw Public Relations.

Wytrzymałem tam kilka lat. W dniu swoich trzydziestych urodzin na spotkaniu z menadżerami poczułem, że albo puszczę pawia, albo się zwolnię. Wybrałem to drugie. Nie żałowałem tej decyzji. Nawet dziś, gdy oddałem świetny reportaż o Lisoniu i jego aktywności politycznej, za co zostałem zrugany. Na szczęście porażki miały na mnie intensywny, ale krótkotrwały wpływ. Dopingowały do jeszcze większego wysiłku.

Ślęczałem nad tekstem do późnego wieczoru. Próbowałem coś zmienić, dodać więcej szatana. W końcu uznałem, iż pierwotna wersja była dobra, nie zmieniłem ani słowa i wyłączyłem komputer. Tak czy inaczej, będę musiał poprawić artykuł, jeśli ma zostać opublikowany. Teraz nie miałem już jednak do tego serca. Zapaliłem papierosa. Czasem mi pomagał w trudnych sytuacjach.

Zadzwonił telefon. To kumpel z redakcji, Bogdan Michalik, zastępca naczelnego. Widać nie mógł spać, pewnie znów pokłócił się ze swoją kobietą. Chcąc nie chcąc, odebrałem.

– Co robisz?

– Prawię śpię, miałem ciężki dzień.

– Naczelny spuścił twój tekst, dobrze słyszałem?

– Spuścił.

– To wpadnij, napijemy się wódeczki.

– Daj żyć... jest już po północy.

– Eee, nie marudź, przekonam starego, przeczytałem ten reportaż zaraz po twoim wyjściu. Dobry jest.

9

No wpadnij, bo sam nie będę pił. Żona się wyniosła, kimniesz u mnie.

– Niech cię szlag! Dobra, zamówię taksówkę, będę za pół godziny.

– Zuch chłopak. Czekam.

Szef bardzo lubił Bogusia, wręcz miał do niego słabość. A mnie zależało na tym artykule. Wiedziałem, że nachlam się jak świnia, a rano nie będę w stanie normalnie funkcjonować. Ale pijąc wódkę w towarzystwie Bogdana, mogłem zrobić więcej dla mojego tekstu niż przez samodzielne poprawianie go w nieskończoność.

* * *

Siedzieli w głębokich, skórzanych, stylowych fotelach zacisznego gabinetu. Ze sprzętu nagłośnieniowego płynęły dźwięki operowej arii.

– Wiesz, że będziesz musiał kompletnie zamknąć swoje biznesy?

– Ale oficjalnie czy tak po mojemu? – Lisoń był gotowy na diametralną zmianę w życiu.

– Jak uważasz. W papierach natomiast musi się wszystko zgadzać. To warunek *sine qua non*.

– Jestem w trakcie formalizacji kilku ostatnich umów. Niewiele mi już zostało. Do końca miesiąca będę jak żona Cezara. Ha, ha, ha – Lisoń śmiejąc się, sięgnął po butelkę wina Settimo Barolo Riserva Rocche 2004 i nalał sobie oraz gościowi.

– Na razie to tyle, spieszę się. Spróbuję tylko tego wyśmienitego wina. Dobry rocznik?

– Najlepszy, Konradzie, najlepszy… – Lisoń był w doskonałym nastroju.

Kilkanaście godzin później, na drugim końcu Warszawy, redaktor naczelny politycznego tygodnika przeprowadzał rozmowę ze swoim zastępcą.

– Sprowadzisz młodego na złą drogę. Nie może tyle chlać, szkodzi mu. Widziałeś, jak wczoraj rano wyglądał? Nie wstyd ci? – lekko ofuknął Bogdana, gdy ten pojawił się w jego gabinecie.

– Ma pan rację, szefie, ale czasami trzeba zadbać o młodą kadrę – odpowiedział Bogusław Michalik i uśmiechnął się. Stary nawet jeśli go opieprzał, to i tak lubił. I chyba nic nie było w stanie tego zmienić.

– Co proponujesz do numeru? Jutro kolegium, a teksty nie powalają. Może byś sam coś napisał na jedną kolumnę?

Szef miał dobry nastrój. Michalik wyczuł, iż nadszedł idealny moment.

– Dałbym reportaż Dymarczyka, jest trochę inny, ale przez to ciekawy.

– Nie chcę robić reklamy temu klaunowi, jak mu tam, Lisoniowi. Gość jest w trakcie kampanii, ale ociera się o próg śmieszności… i błąd statystyczny. – Naczelny zarechotał.

– Jeśli w polityce pojawiło się dziwadło, tym bardziej powinniśmy o czymś takim napisać. Zgodnie z profilem naszej gazety...

– Dobrze, niech ci będzie. Przekonałeś mnie. Ale siądź z Dymarczykiem, bo tekst jest zbyt łagodny, za grzeczny. Dodaj pazura, niech młody się uczy. Możemy to puścić w najbliższym numerze, ale dopiero po twoich poprawkach.

– Dziękuję, zaraz z nim siądę i jutro przed kolegium materiał będzie gotowy.

Bogdan uścisnął przełożonemu dłoń i opuścił gabinet.

* * *

– Zniszczę tego gnoja, teraz wymyślił sobie politykę, kasę wyprowadził, a mnie chce puścić z torbami. Nie pozwolę mu na to. Nigdy! – Jolanta Banaszak-Lisoń była kobietą o wybuchowym charakterze. I wiedziała, czego chce.

– Nie jest łatwym przeciwnikiem. Ale z pewnością w trakcie kampanii będzie chciał uniknąć czarnego PR-u, więc daje nam to do ręki argument, którym...

– Będzie można go szantażować? Idę na wszystko, panie mecenasie.

– Nie używałbym takich słów. Mamy po prostu świetny argument przetargowy, pani Jolu. I tak go traktujmy – powiedział adwokat i podał klientce sporządzony przez siebie pozew, który czekał tylko na jej akceptację. Niedługo zresztą.

12

Kilkaset kilometrów dalej, w tym samym czasie, miała miejsce równie emocjonalna dyskusja. Lisoń w swoim gabinecie prowadził telefoniczną rozmowę z jednym z terenowych działaczy, który mocno go irytował. Przysłuchiwał się jej Jordan Jaskulski, który był jak cień przewodniczącego. Nie towarzyszył mu tylko w kiblu.

– Jak przebiega zbieranie podpisów na listach poparcia? Ilu ludzi jest w terenie, na ulicach? – Lisonia rozsadzały emocje.

Po drugiej stronie ktoś długo się tłumaczył.

– Jak to: dokładnie nie wiesz? Za to ci płacę, żebyś, kurwa, wiedział, chłopie! – Lisoń przechodził do konkretów. Prosto i dosadnie tłumaczył rozmówcy zasady, na jakich opiera się polityka.

– Nie dołożę już ani złotówki. Muszę mieć przynajmniej o połowę więcej podpisów niż wymagana liczba. Bo nigdy nic nie wiadomo. No i w Szczecinie sprawdź tego idiotę. Doszły mnie słuchy, że listy, które nam przekazał, mogą być lewe.

Stojący w pewnym oddaleniu Jordan Jaskulski patrzył na przełożonego z niekłamanym podziwem i cierpliwie czekał. Lisoń tymczasem wrzeszczał do telefonu.

– Nie, nie ma szans, trzeba tam będzie kogoś innego znaleźć! Przecież ten debil nie potrafi się nawet wysłowić! Chcesz go wystawić na jedynkę?!

Przewodniczący kiwnął ręką na Jaskulskiego, by podszedł, dał mu znać, że właśnie kończy rozmowę.

– Nie wiem, kurwa, może kogoś się znajdzie. Czasu jest coraz mniej. Musi to być postać, o której będzie głośno. Każda minuta w głównych serwisach to setki tysięcy złotych, darmowa reklama tak bardzo nam potrzebna. Rusz głową… kombinuj! – wydał dyspozycję i rozłączył się.

Wciąż był rozdrażniony. Najpierw spojrzał na zegarek, potem na Jordana i powiedział: – Siadaj i poczekaj chwilę, muszę się spakować. Kurwa! Zaraz po wyborach trzeba będzie rozwiązać tę strukturę, cholery z nimi można dostać.

Jaskulski nie odezwał się ani słowem, wpisał tylko do swojego telefonu przypomnienie na październik: „Rozwiązać okręg nr 8".

Przewodniczący wrzucił do torby parę rzeczy i pstryknął palcami na Jordana. Wsiedli do samochodu i pojechali do Wyszkowa, gdzie na godzinę osiemnastą zaplanowano zebranie działaczy stowarzyszenia „Teraz Zmiana". Było kilka minut po trzeciej. Tym razem Lisoń nie powinien się spóźnić.

Spotkanie było chaotyczne. Jak wszystko, co robili na początku działalności. Kawiarnia „Pod Różami" zwykle świeciła pustkami. Dziś było inaczej. Zdziwiona obsługa nigdy nie odnotowała tutaj takiego obłożenia. Pracownicy pospiesznie przynosili z zaplecza dodatkowe krzesła. Jednak część przybyłych i tak musiała stać. Z półgodzinnym, jak to miał w zwyczaju, opóźnieniem przyjechał lider. Długi, ciemny płaszcz, okulary, których wcześniej nie nosił, dodawały mu powagi. Ludzie zebrani w knajpie zamilkli, ci odważniejsi rzucili się uścisnąć dłoń szefowi. Przewodniczący nie przyszedł sam. Towarzyszyła mu wierna brygada najbliższych współpracowników: Jakub Szymes, Karol Rolski i Adam Pałkowski. Byli z nim na każdym spotkaniu. Również w takiej zapadłej dziurze jak ta, w której nigdy dotąd nie pojawił się znany z telewizora polityk. Janka Lisonia często pokazywali w mediach. Kelnerka rozpoznała go od razu, chociaż nie pamiętała nazwiska. Dyskretnym ruchem rozpięła jeden z krępujących biust górnych guzików, poprawiła piersi i pospieszyła przyjąć zamówienie.

– Szanowni. Witam was bardzo serdecznie. Dziękuję, że przybyliście tak licznie. Przepraszam za spóźnienie, ale sypiam po kilka godzin na dobę. Wciąż jestem w trasie. Nie będzie łatwo rozbić układ politycznej bandy, która wciąż jest u władzy, ale mocno wierzę w to, iż z waszą pomocą tego dokonamy.

W sali wybuchły oklaski. Działacze czekali na kolejne słowa przewodniczącego stowarzyszenia. W tym momencie przy stoliku pojawiła się kelnerka.

– Kawa, herbata, może piwo? – zapytała.

– Ja bym się napił piwa – odezwał się jeden z lokalnych liderów, Andrzej Sumka, i przygładził sumiaste wąsy.

– Ale ja pytałam pana… pana premiera – dziewczyna nadal nie mogła sobie przypomnieć, kim jest gość, którego kojarzyła z telewizji.

– Nie jestem jeszcze premierem. Wszystko w swoim czasie. Napiję się kawy. Może latte. A nazywam się Lisoń. Jan Lisoń. Bardzo mi miło panią poznać. I proszę pamiętać o nas przy najbliższych wyborach.

– Nie mamy tego, o co pan prosił. Może mogę zaproponować kawę z mlekiem, z ekspresu? I oczywiście będę o panu pamiętała. Tak po prawdzie, praca w tej knajpie nie jest szczytem moich marzeń – mówiąc to, kelnerka mrugnęła znacząco.

– Panie kolego… – Jan Lisoń zwrócił się do wąsatego działacza, który siedział w pobliżu. – Niech pan poda pani swoją wizytówkę. I w jej życiu powinno się coś zmienić. Na losie każdego obywatela nam zależy, prawda?

– Losie i głosie… – wąsacz zaśmiał się z własnego żartu, ale natychmiast spoważniał, gdy zobaczył, że lider nie był zadowolony. Podał wizytówkę kelnerce.

– Bardzo dziękuję. A jak się nazywa wasza partia? Bo muszę wiedzieć, na kogo zagłosować. No i kiedy będą wybory?

– „Teraz Zmiana", a wybory będą w październiku, droga pani. Poproszę więc o tę kawę, dla mnie i jeszcze trzy dla moich kolegów – zdawkowym uśmiechem dał do zrozumienia, iż ma ważniejsze sprawy na głowie.

– A ja jednak proszę o piwo. – Wąsacz nie lubił kawy. Lubił piwo.

Przewodniczący usiadł, a do zebranych zwrócił się Adam Pałkowski: – Macie ustalone nazwiska kandydatów na listę wyborczą w waszym okręgu? I oczywiście kandydatek? Musi być dużo kobiet. Najlepiej znanych. Lekarki, nauczycielki. Szukamy mądrych i aktywnych. Nie mamy wiele czasu, jutro jesteśmy w kolejnych czterech miastach. To musi być sprawnie zorganizowane. Pałkowski był furiatem, ale na spotkaniach organizacyjnych sprawdzał się doskonale. Skracał przebieg mityngów do niezbędnego minimum.

— Nazwiska miał przygotować Nowak, ale strzelił focha, bo usłyszał, że dostanie najwyżej drugie miejsce na liście, a chciał pierwsze — rzucił ktoś z sali.

— Tak być nie może. Potrzeba tutaj sprawnego lidera. Może pan się tym zajmie? — Pałkowski zwrócił się do Sumki, który zdążył już wypić pół piwa. Odstawił je, otarł pianę z wąsów i odpowiedział zadowolony: — Oczywiście, do końca tygodnia jestem w stanie sporządzić listę nazwisk. Dwadzieścia dwie osoby, najlepsi ludzie, znani, rozpoznawalni w naszym regionie.

— No a kto będzie jedynką? — rzucił w stronę Pałkowskiego ktoś z głębi sali. — Bo chrapkę ma na to właśnie kolega Sumka — stwierdził szeregowy działacz i spojrzał znacząco na grubasa z wąsami.

— A dlaczego nie? Mam właściwe kwalifikacje, od lat pracuję w stowarzyszeniach społecznych, wygłaszam nawet prelekcje na uniwersytetach. Lepszego kandydata nie znajdziecie — wąsacz odparował pewnym siebie głosem.

Przede wszystkim miał wysokie aspiracje. Co do kwalifikacji, to dobrze mówił po polsku, nie miał wad wymowy... I umiał kalkulować. Wiedział, że przy przekroczeniu progu pięciu procent w skali kraju ugrupowanie dostanie się do Sejmu, a on z pozycji numer jeden zyska największe szanse na mandat poselski. Polscy wyborcy rzadko zakreślali nazwiska kandydatów z pozycji trzy, pięć czy osiem. Najczęściej stawiali krzyżyk przy jedynce lub, o dziwo, przy ostatnim nazwisku. Sumka znał tę zasadę. Wiele lat temu jakoś udało mu się ukończyć politologię.

– Dobra, naprawdę nie ma czasu na przepychanki czy obrażanie się – uciął dyskusję Lisoń. – Potrzebujemy ludzi zdeterminowanych, samodzielnych, z doświadczeniem i wiedzą. Część z was tu obecnych nie zostanie posłami czy posłankami. Ale przecież ci, którzy dostaną się do parlamentu, będą potrzebować współpracowników, asystentów. A zatem na pewno znajdziecie swój model samorealizacji. Zapewniam.

Przewodniczący stowarzyszenia potrafił być przekonujący. W sali zrobiło się cicho, wszyscy, łącznie z kelnerką za barem, chłonęli każde słowo charyzmatycznego lidera.

– No więc ustalone. Kolega Sumka jest zobowiązany do dostarczenia listy nazwisk kandydatów oraz zarejestrowania jej w siedzibie Państwowej Komisji Wyborczej w waszym mieście, gdy tylko przekształcimy stowarzyszenie w partię. To kwestia dnia, może dwóch. Kto jest przeciw, ręka w górę – włączył się Pałkowski. Był jak tornado. Zanim u kogokolwiek zdążyły napiąć się mięśnie przedramienia, dodał: – Nie widzę. W takim razie najważniejsze sprawy mamy ustalone.

Zwrócił się w stronę przewodniczącego.

– Janie, proszę cię, kontynuuj – powiedział i usiadł.

– A zatem w sprawach organizacyjnych kontaktujcie się z kolegą Sumką – kontynuował Lisoń. Spojrzał na niego i dodał: – Andrzeju, bardzo ci dziękuję. Potrzeba nam ludzi takich jak ty.

Podszedł do wąsacza i poklepał go po plecach. Nie uścisnął mu dłoni, bo wąsacz kurczowo trzymał pusty pokal po piwie.

Lider mówił jeszcze kilka minut o tym, że ugrupowanie ma duże szanse w wyborach i że nienawiść głównych mediów do jego działalności politycznej jest atutem, a przekroczenie progu wyborczego, magicznych pięciu procent, nie stanowi już dla przyszłej partii problemu. Badania prowadzone przez niezależnych ekspertów wynajętych przez stowarzyszenie pokazują wciąż rosnące poparcie, co oznacza, że z każdej listy, w każdym okręgu, do Sejmu może dostać się nie jeden, ale nawet dwóch lub trzech kandydatów. Jest więc szansa na to, by być znaczącą siłą w parlamencie.

– Zwycięstwo jest w waszych rękach. Wszystko jest możliwe! Nie dawajcie wiary w sondaże, które widzicie w głównych wiadomościach. Chcą nas zabić, żebyśmy nie zdołali pokazać, na co nas stać. Nie uda się to! – tymi słowami zakończył spotkanie. Wyszedł z sali, unosząc w górę dłoń z rozstawionymi w literę V palcami, a ludzie zarażeni jego polityczną żądzą zwycięstwa przez dłuższy czas nie mogli dojść do siebie.

Przed knajpą przewodniczący zatrzymał się na moment. Stała tam kelnerka i paliła papierosa

– Idźcie do samochodu. Będę za dwadzieścia minut. – Spławił swoich towarzyszy.

– Chce się pan pożegnać? – Kokieteryjnie zatrzepotała rzęsami.

– Zastanawiam się, czy zechciałaby pani pracować w naszym biurze?

– Pewnie, że tak. Choćby dziś.

– Dziś nie, raczej w przyszłym miesiącu. Jest w tym lokalu bardziej ustronne miejsce, gdzie moglibyśmy chwilę... hm... porozmawiać? – Lisoń cały czas gapił się na jej spory biust.

– Tak, na zapleczu mamy pomieszczenie gospodarcze.

– Dziewczyna była gotowa podjąć wyzwanie.

Poprowadziła lidera w dyskretne miejsce. Nie było komfortowe, ale małe, ciche i przytulne. W kącie stały szczotki do zamiatania, mopy i środki czystości. W powietrzu unosił się zapach chloru.

– Nasza partia jest bardzo nowoczesna... Mogę ci mówić po imieniu?

– Pewnie, że tak. Elwira. Ja też jestem nowoczesna.

– Pracując dla mnie, musiałabyś się liczyć z nietypowymi zadaniami. – Nadal bezczelnie patrzył na jej piersi.

– Panie przewodniczący, życie… Idę na każdy układ.

– Gość jej się podobał. Poza tym bardzo chciała wyrwać się z tej dziury.

– To klęknij…

Nie zadawała pytań. Była zdecydowana na wszystko. Lisoń stękał i sapał, pilnie obserwując zmagania klęczącej przed nim kelnerki.

– A teraz odwróć się!

Miała krótką spódniczkę, którą lider błyskawicznie zadarł. Dziewczyna jęknęła, a on zaczął posuwać ją jak młodą klacz.

– Dobrze ci było? – Zapytał ze zwykłej, ludzkiej przyzwoitości.

– Podobało mi się… – Elwira wiedziała, że świat to nie bajka – da mi pan swoją wizytówkę? – Pospiesznie zapinała guziki potarganej bluzeczki.

– Masz przecież wizytówkę od pana Sumki. Skontaktuj się z nim w przyszłym tygodniu, a ja dopilnuję, żebyś dostała tę pracę.

Klepnął dziewczynę w tyłek i poszedł.

– Janek, co tak długo? – Koledzy znali jego zwyczaje, ale byli zniecierpliwieni.

– Strasznie walisz Domestosem. – Zdegustowany Jaskulski pociągnął nosem i otworzył w samochodzie okno.

* * *

21

– Naczelny musi cię lubić – powiedziałem do Bogdana. Cieszyłem się, że pomógł mi przepchnąć tekst.

– Widzisz, dwie poprawki i materiał wyszlachetniał.

– Jakie dwie? Dodałeś tylko jedno zdanie na końcu reportażu.

– Ale przyznaj, było mocne. – Zdjął okulary i przetarł powieki.

– Owszem – zgodziłem się. Nie miałem zamiaru dalej dyskutować. Potrzebowałem kasy, a artykuł zajął dwie pełne kolumny.

– Tomaszku, masz numer telefonu do Lisonia?

– No pewnie, że mam. Robiłem przecież z nim wywiad.

– Prześlij mi SMS-em, OK? Potrzebuję dla szefa.

– Przecież mówił, że to pajac...

– Chce go zaprosić na obiad.

– Po co?!

– Nie wiem, nie pytaj, wiesz, jaki jest stary.

– Zaraz ci wyślę. Wyrzuć mnie pod „Arkadią". Dziewczyna tam na mnie czeka.

– Nowa?

– Wciąż ta sama.

– Teraz rozumiem, czemu się tak odpicowałeś. Rzadko cię widuję w marynarce. – Roześmiał się życzliwie.

Zjechał na boczny pas, skręcił w prawo i zatrzymał się na chwilę w miejscu nie do końca dozwolonym. Wysiadając, machnąłem mu ręką na pożegnanie. Lubiłem Bogdana. I byłem mu cholernie wdzięczny.

Z Anną spędziłem całe popołudnie oraz większą część wieczoru. Następnego dnia miała zaliczenia na uczelni. Czekała mnie samotna noc.

Rozdział 2

– Dzień dobry, panie Dymarczyk, mogę zająć chwilę?

Była dopiero ósma rano, niedziela, więc nie bardzo kumałem, kto dzwoni.

– A z kim mam przyjemność? – zapytałem.

– Jan Lisoń, przeprowadzał pan ze mną wywiad. – W głosie usłyszałem nutę rozczarowania.

– Tak, oczywiście, pamiętam. Przepraszam, pracowałem do późna...

– Bardzo chciałem panu podziękować za świetny reportaż.

– Cała przyjemność po mojej stronie. Wiem, że przekształciliście już stowarzyszenie w partię polityczną. Gratulacje.

Lisoń wyraźnie czegoś chciał. Domyślałem się tego, tylko nie wiedziałem jeszcze, o co mu chodzi.

– Ale dzwonię w innej sprawie.

– Tak? W czym mogę panu pomóc?

– Zamykamy listy wyborcze. Będę mówił wprost. Na jednej z nich widziałbym pana. W Olsztynie.

– Mnie?! Od polityki trzymam się z daleka. Z wewnętrznego przekonania. A nawiasem mówiąc, dlaczego akurat tam? – Roześmiałem się.

– Wszystkie inne listy mamy już pozamykane, poza olsztyńską, którą chcemy dopiąć do piątku. I przyznam, bardzo bym chciał, żeby pan rozważył moją propozycję.

Potrzeba nam takich ludzi jak pan. W przeciwnym razie w Polsce nic się nie zmieni. Proszę od razu nie odmawiać i z podjęciem decyzji poczekać kilka dni. W czwartek zadzwoni do pana ktoś z naszych działaczy.

– Dobrze, obiecuję to przemyśleć.

Pożegnał się grzecznie i rozłączył się, a ja pomyślałem: „Popierdoliło gościa. Tylko tego mi do szczęścia brakuje". Roześmiałem się i położyłem się na kanapie, żeby jeszcze z godzinę pospać.

W poniedziałek w redakcji pojawiłem się już o dziewiątej rano. Zdecydowanie zbyt wcześnie, bo prócz sprzątaczki i sekretarki nie było nikogo. Zaparzyłem kawę, opróżniłem przepełnioną popielniczkę w pokoju redakcyjnym, uporządkowałem swoje biurko, to znaczy przeniosłem górę papierów z jednego rogu blatu na drugi. Uznałem, że mogę zacząć pracę. W tym momencie sekretarka przyniosła naręcze gazet.

– Jeszcze pachnące, chcesz przejrzeć? – zapytała.

Lubiłem Zośkę, była sympatyczną, normalną dziewczyną.

– Tak, dziękuję. Pooglądam obrazki, na czytanie czegokolwiek nie jestem jeszcze gotowy. Muszę wypić kawę. Może i tobie zrobić?

– Nie dziękuję. Jedna na dzień wystarczy – powiedziała i wyszła. Po chwili zajrzała ponownie i dodała: – Zapuszczasz brodę? Ogoliłbyś się. Wprawdzie przypominasz Maćka Zakościelnego, ale jemu z brodą jest o wiele lepiej – roześmiała się figlarnie i zniknęła.

Byłem tak zaspany, że rzeczywiście zapomniałem się ogolić. I nie wiadomo czemu zmęczony. Nie miałem siły niczego czytać. Przede mną godzina względnego spokoju. Paliłem papierosa, siorbałem kawę i przewracałem strony pism. Zatrzymałem się na wielkich, kolorowych sondażach. Słupek przypisany do partii Jana Lisonia znacząco wzrósł. „Teraz Zmiana" osiągnęła już cztery procent.

„No proszę, miałem nosa. Mogą namieszać" – pomyślałem zadowolony. Będzie o czym pisać, tym bardziej że Lisoń nie przypominał żadnego z typowych polskich polityków. Był za legalizacją prostytucji, lekkich narkotyków i za szeroko rozumianą wolnością obyczajową. Mówił też trochę o gospodarce i ekonomii, ale fakt – w naszym kraju takie pierdoły jak gospodarka mało kogo interesowały.

Odłożyłem gazety na bok i zapomniałem o sprawie. Odpaliłem komputer i zacząłem przeglądać swoje bieżące tematy do najbliższego numeru. Miałem do opracowania wywiad z K.S. Rutkowskim, słabo znanym, a świetnym pisarzem, i tekst o pazernym proboszczu, który zawyżał stawki za pochówki, doprowadzając tym do wściekłości potulnych dotąd parafian. Klepiąc w klawiaturę linijki tekstu, nie zauważyłem, jak redakcja zaczęła żyć właściwym jej rytmem. Gdy wypaliłem pół paczki, wywiad był gotowy. Podniosłem wzrok i spostrzegłem, że pokój jest pełen ludzi. Zacząłem się zastanawiać, czy w ogóle się z kimś przywitałem, ale nawet jeśli nie, oni mieli to gdzieś.

Zapisałem dokument i przesłałem do drukarki, która wypluła z siebie kilka stron. Spiąłem artykuł i zadowolony położyłem na biurku.

– Zasuwaj do szefa, właśnie przyjechał i chce cię widzieć – cipowaty Waldek rzucił mi krótkie info.

– Nie wiesz, o co chodzi?

– Czy ja wyglądam na wróżkę? – Waldek mnie raczej nie lubił. Zresztą z wzajemnością.

– Nie wyglądasz... a szkoda. Zawsze marzyłem o tym, by przelecieć zmysłową wróżkę.

W odpowiedzi redakcyjny kolega wyciągnął w moim kierunku środkowy palec.

Włożyłem wydruk do szuflady i poszedłem do gabinetu szefa. Zastanawiałem się, czego może ode mnie chcieć. Ale też, podobnie jak Waldemar, nie byłem wróżką.

– Zamknij drzwi i siadaj.

Naczelny nie był w dobrym nastroju. Zresztą tak naprawdę nigdy nie wiedziałem, jaki miał humor. Był jak Apacz, który nie zdradzał mimiką aktualnego samopoczucia. Ale też nie zdarzyło się, żeby przy okazji naszych rzadkich rozmów kazał zamykać drzwi. Zacząłem się martwić.

– Ktoś miał uwagi do moich ostatnich tekstów? Jakaś skarga? Niemożliwe...

– Masz rację, niemożliwe. Za delikatnie piszesz, żeby na ciebie wysyłać anonimowy donos pełen kurew i chujów lub choćby napluć. Ale kulturalnych tekstów też potrzebujemy. Jednak ja nie o tym. Wiem, że dostałeś ofertę...

– ???

– ...od Lisonia, proponował ci miejsce na liście wyborczej, z olsztyńskiego.

– A skąd pan... – nie dokończyłem, bo przypomniałem sobie o obiedzie, na który naczelny miał zaprosić lidera partii „Teraz Zmiana".

– Wiem i już. Co za różnica? Się pracuje w gazecie, się wie. Zatem otrzymałeś też propozycję od wydawcy. Nie do odrzucenia.

– Wyrzuca mnie pan czy jak?

– Nie, to możliwość awansu. No i szansa na znacznie więcej ciekawej pracy, którą przecież lubisz. Aktualnie masz umowę terminową. Dostaniesz bezterminową i dużą podwyżkę, ale pod warunkiem, że się znajdziesz na liście Lisonia.

– W jakim celu? A co, jeśli zostanę posłem?

– Nie obawiaj się, jedynki ma już obsadzone, a w polskiej demokracji jest zasada: kto na górze, ten wygrywa. Zresztą i tak istnieją niewielkie szanse, że jego partia przekroczy próg wyborczy. A cel jest bardzo prosty. Znajdziesz się w samym centrum wydarzeń. Dzisiaj dostęp do informacji jest na wagę złota...

Przerwał na moment, jakby chciał podkreślić wagę tego, co zaraz usłyszę.

– No i będziesz pisał... i to do dwóch tytułów należących do naszego koncernu. Wymyślisz też sobie pseudonimy. Pod jednym będziesz publikował w tej samej gazecie co dotychczas, teksty bardzo przychylne Lisoniowi, np. reportaże. Drugi pseudonim nadasz autorowi wrednych, napastliwych felietonów, które trafią do „Opinii".

Szef mówił dalej o tym, że gdy dostanę się na listę, zbliżę się do formacji Lisonia, może nawet zacznę działać w strukturach partyjnych, z pewnością będę miał dużo ciekawych newsów z pierwszej ręki.

– To niezły świr, a gazeta musi z czegoś żyć. Im więcej szaleńców w polskiej polityce, tym lepiej dla nas – stwierdził. – Trzeba mu więc pomóc. Lisoń już otrzymał moje zapewnienie, iż nasze pismo, w takiej czy innej formie będzie go wspierało. O drugim tytule nic nie wie, rzecz jasna. – Zaśmiał się.

Zamurowało mnie. Plan był tak prosty, że aż genialny. Tak genialny jak jego pomysłodawca Szymon Machnik. Dlatego właśnie ludzie robili dla niego, a nie odwrotnie.

– A jeśli gość się zorientuje? – zapytałem.

– Nie bądź dzieckiem. Rzeczywiście facet jest inteligentny, ale mając to na uwadze, dla twojego bezpieczeństwa wyrzucę cię z roboty. Jakiś powód się znajdzie. Uwiarygodni cię to w jego oczach. Zyskasz nawet jeszcze większe zaufanie. Oczywiście po cichu dostaniesz angaż na warunkach, jakie zaproponował ci wydawca. Pasuje?

– Chyba nie mam wyboru...

– Cieszę się, że się rozumiemy. W kadrach odbierz zaklejoną kopertę ze swoim nazwiskiem. Jest w niej nowa umowa. Reszta zespołu zostanie poinformowana, iż cię wylałem. A ty się masz tak zachować, żeby było wiarygodnie.

– I jeszcze jedno – dodał. – Bogdan wie o naszym planie, będziesz mu wysyłał teksty, ale nie na skrzynkę redakcyjną. Jeśli zajdzie konieczność, to się spotkamy od czasu do czasu. Szykuje ci się niezła zabawa. Szkoda, że lata już nie te. Zazdroszczę ci. A teraz, młody, zabieraj tyłek i do roboty.

Podałem mu rękę. Nie do końca docierało do mnie, w jaki kanał zostałem wpakowany. Co do jednego naczelny miał rację. Zabawa się dopiero zaczynała.

Opuściłem redakcję w roli banity, z miną skazańca. Zadzwoniłem do Bogdana. Nie odbierał. W ręku miałem torbę z laptopem i kopertę, którą odebrałem w kadrach. Pojechałem prosto do domu. Wjechałem windą na siódme piętro. Byłem jak w malignie. Musiałem się wziąć w garść. Zadzwoniłem więc do Anny, żeby do mnie przyjechała. Nie chciałem teraz siedzieć w domu sam. Znaliśmy się dopiero kilka miesięcy, ale miała na mnie kojący wpływ. Dobrze się rozumieliśmy. Wyciągnęła mnie z doła po rozstaniu z poprzednią partnerką, z którą spędziłem blisko pięć lat – dobrze rokujący związek w dramatyczny sposób skończył się fiaskiem. Anna sprawiła, że znów potrafiłem się uśmiechać.

30

Usiadłem przed telewizorem. Zaczynał się serwis informacyjny. W pierwszej trójce znalazł się materiał o Janie Lisoniu i jego partii. Zmieniłem szybko kanał na Discovery, leciał program o gorylach. Zawsze budziły moją sympatię. Znacznie większą niż politycy. Pogłośniłem i poszedłem do kuchni przygotować naprędce kolację, jednocześnie słuchając o seksualnych zwyczajach sympatycznych futrzaków. Gdy kończyłem, zadzwonił domofon. Wyłączyłem telefon, nie chciałem, żeby ktokolwiek nam przeszkadzał. Postanowiłem Anię trochę wprowadzić w bieżącą sytuację. Atmosfera wydawała się do tego wprost idealna. Piliśmy wino, ona opierała głowę na mojej piersi, a ja delikatnie gładziłem ją po włosach. Zanim jednak się odezwałem, zaszczebiotała: – Coś ci powiem. Będziesz ze mnie dumny!

– Co takiego?

– Tyle razy mi mówiłeś, żebym robiła coś więcej niż tylko chodziła na wykłady i zakuwała do egzaminów.

– Dalej twierdzę, że w życiu należy szukać nowych możliwości, wyzwań, bo wtedy jest ciekawsze.

– No więc posłuchałam cię i dziś byłam na spotkaniu młodzieżówki tej nowej partii... Lisiaka. Zapisałam się. Cieszysz się?

Nie wiedziałem, czy to fatum, w każdym razie uznałem, iż Lisoń atakuje mnie ze wszystkich stron i chce zawładnąć moim życiem. Był jak czarnoksiężnik z Oz, który za-

31

krzywiał rzeczywistość. Głos uwiązł mi w gardle. Mimo to zdecydowałem się opowiedzieć Ani swoją historię. Ale nieco inaczej, niż planowałem jeszcze chwilę wcześniej. – Szef tej partii nazywa się Lisoń, a nie Lisiak. Zaproponował mi kandydowanie z ich list. I chyba się zgodzę. – Jak to? Będziesz posłem? A gazeta? – No właśnie, w gazecie już nie pracuję. Niestety.

Nie chciałem jej mówić całej prawdy. Na wszelki wypadek.

– A posłem raczej nie będę – dodałem. – Jak widzisz, staram się po prostu postępować w zgodzie z własną zasadą, że nie można całe życie siedzieć na dupie.

– Tomuś, jeszcze nie wszedłeś do polityki, a już stajesz się wulgarny – dała mi buziaka w policzek.

– Razi cię słowo… dupa?

– Nie, o ile chodzi o moją.

Ania miała w sobie dużo energii. Dzięki temu mogłem zapomnieć o troskach dnia codziennego.

Rano usłyszałem, jak trzasnęły drzwi. Normalnie spałbym dalej, ale dzisiaj nie mogłem. Zwlokłem się z łóżka. Na stoliku niespodzianka – talerzyk z kanapką i szklanka soku pomarańczowego. Obok karteczka „Smacznego". To było miłe. Najpierw jednak zapaliłem i czekając, aż zaparzy się kawa z ekspresu, zastanawiałem się, co dalej. Była środa, jutro miał zadzwonić do mnie jakiś działacz z Olsztyna. Nie podobała mi się sytuacja, w którą dałem się wkręcić, ale miałem przynajmniej umowę o pracę.

Włączyłem laptopa, by zrobić research i dowiedzieć się jak najwięcej o partii Lisonia oraz jego ludziach. Może naczelny miał rację i czekała mnie niezła zabawa?

Jan Lisoń swego czasu był prężnie działającym biznesmenem o wyglądzie amerykańskiego kongresmena. Według informacji, jakie znalazłem w Internecie, pewnego dnia sprzedał wszystko co miał i zajął się wyłącznie polityką. Jako poseł partii rządzącej szybko zyskał opinię bufona i ekstremisty. W konsekwencji został z niej wyrzucony. Stąd jego ambitny projekt, by stać się liderem nowej, dynamicznej siły politycznej na polskim nieboskłonie. Pozytywne komentarze w Internecie pod niepochlebnymi artykułami o nim i jego ugrupowaniu uzmysławiały mi ogromną rozbieżność między opiniami uznanych komentatorów politycznych a głosem ludu.

Zacząłem kombinować i kalkulować, jakie mam szanse na wygraną w wyborach. Byłyby jaja, gdybym został posłem. Zacząłem się śmiać. Złapałem talerzyk z kanapką, którą zrobiła dla mnie Anna. Zwykle nie jadałem śniadań. Odnosiłem jednak wrażenie, że muszę przygotować się do nowego stylu życia.

Telefon odezwał się, gdy dopijałem sok. Odebrałem połączenie z nieznanego numeru.

– Słucham.

– Pan Dymarczyk? Dzwonię z polecenia przewodniczącego Lisonia – odezwał się nieco sepleniący, niewyraźny głos, który nawet się nie przedstawił.

– Miał ktoś od was się odezwać, ale dopiero jutro. Nie podjąłem jeszcze ostatecznej decyzji. – Chciałem nabrać więcej szacunku do samego siebie i prowadzić negocjacje z o wiele korzystniejszej pozycji.

– Tak, prawda. Ale mamy mało czasu, a pan Lisoń... nasz przewodniczący, bardzo się niecierpliwi. Listy kandydatów na posłów i posłanki muszą być gotowe praktycznie na już. Bardzo nam zależy, by tak znany dziennikarz znalazł się z nami w jednej ekipie. – Gość stosował tanie marketingowe sztuczki. Byłem tak znanym dziennikarzem, że selekcjonerzy w nocnych klubach czasami kazali mi spadać bez podania przyczyny.

– Jaki dostałbym numer na liście wyborczej? – przeszedłem do konkretów.

– Mocną piątkę. Wie pan, tu nie ma znaczenia kolejność. Ten, który dostanie najwięcej głosów, choćby był na ostatniej pozycji, też może zostać posłem. – Przypomniała mi się rozmowa z naczelnym, który mówił zupełnie coś innego.

– Pozycja piąta jest słaba. Albo dostanę jedynkę, albo raczej się nie zdecyduję. – Grałem va banque. Nie wiem, co mnie podkusiło.

– Ja nie mogę podjąć takiej decyzji, ale pogadam z przewodniczącym. – Sepleniący, bezimienny działacz partii „Teraz Zmiana" spokorniał.

To był koniec rozmowy. Pożegnałem się z kolesiem i czekałem na kolejny kontakt. „Jeśli przeholowałem, stary się wścieknie i szlag trafi mój angaż" – pomyślałem. Zapaliłem papierosa, ale szybko go zgasiłem. „Nie możesz tyle palić, skoro pchasz się do polityki" – opieprzyłem sam siebie i poszedłem pod prysznic.

Na telefon nie musiałem długo czekać. Lisoń był niecierpliwy, widać rzeczywiście mu zależało, a to znaczyło, że moje notowania rosły.

– Dzień dobry, dzwonił do mnie Jedliński z Olsztyna. Możemy teraz krótko i konkretnie?

– Krótko i konkretnie, zawsze – odparłem.

– Spotkajmy się w restauracji „Amber" powiedzmy za godzinę. Tam byśmy wszystko ustalili.

– Ponieważ mam jeszcze trochę pracy, powiedzmy za półtorej godziny. Może być?

– OK. A zatem do zobaczenia – Lisoń pożegnał się, a ja pospiesznie zacząłem się ubierać. Żeby o tej porze dojechać w Aleje Ujazdowskie potrzebowałem około dwudziestu minut. Zastanawiałem się tylko, ile kosztuje kawa w tej knajpie, bo na nic innego w Pałacu Sobańskich zapewne nie będzie mnie stać. Spóźniłem się przepisowe pięć minut. Twarz Lisonia wydawała się pogodna, ale było w niej jeszcze coś, czego nie potrafiłem poprawnie odczytać. Wyglądał na człowieka, który nie lubi tracić czasu. Zaznaczył to od razu na początku rozmowy. I przeszedł do sedna.

– Zależy panu na jedynce. Nie dziwię się i gdyby to leżało wyłącznie w mojej gestii, już teraz bym panu ją obiecał, jednak to nie jest tak proste, jak się wydaje.

– Domyślam się, ale skoro mam swoją twarzą reprezentować pana partię, więc nalegam.

Nie wiem, dlaczego akurat teraz nie chciałem odpuścić. Była to chyba moja pierwsza polityczna kalkulacja. Uznałem, że zdobywając mandat posła, dostałbym nowy, czteroletni angaż, a dziwaczna umowa z naczelnym przestałaby obowiązywać.

– Dobrze. Niech będzie. Porozmawiam ze współpracownikami. Jestem za tym, by dostał pan biorące miejsce na naszej liście w okręgu trzydzieści pięć. Czyli jedynkę.

– Okręg trzydzieści pięć?

– Polska jest podzielona na okręgi wyborcze. Trzydzieści pięć to właśnie Olsztyn i parę powiatów wokół niego.

– No tak, oczywiście. W takim razie zawarliśmy umowę.

– Tak, jak najbardziej. Przepraszam, spieszę się na następne spotkanie. Czeka pana jeszcze tylko podpisanie kilku dokumentów, ale to już drobiazg. Jutro dotrze do Warszawy ekipa z Olsztyna, więc je panu podrzucą, nawet nie będzie musiał pan nigdzie jechać. Przynajmniej na razie. I przejdźmy na ty, w naszej partii jest taka zasada.

Podałem mu rękę, kiwnąłem głową. Miałem nowego kolegę – lidera formacji, która rozpoczynała walkę o władzę w Polsce.

Prosto z restauracji pojechałem do Bogdana. Gdy byłem w drodze, zadzwoniła Anna. Powiedziałem, że będę za trzy godziny. Miała klucze do mieszkania, obiecała przygotować smakowitą kolację. Dochodziła szesnasta.

Z Michalikiem spotykałem się ściśle według grafiku, jaki wyznaczył nam naczelny. Pierwsze moje teksty miały spłynąć już za miesiąc. Czułem się jak James Bond. Bogdan był w doskonałym humorze.

– Kasia w domu? – Rozejrzałem się po mieszkaniu.

– Nie, mamy ciche dni. Przynajmniej nie będzie nam przeszkadzała. Napijesz się?

– Daj spokój, nie mogę. Nie mam takiej wątroby jak ty.

– A myślisz, że politycy nie piją? – Roześmiał mi się w twarz i wyjął z lodówki pół litra.

Zdziwił się, gdy mimo wszystko poprosiłem o kawę. Przygotował sobie drinka i wyłożył mi plan pracy na najbliższe dwa miesiące. Nasz szef okazał się prawdziwym mistrzem. Zawsze to wiedziałem, ale zapoznając się z przedstawioną ramówką, uznałem, iż jest kimś więcej, na przykład pomiotem samego szatana.

Wychodziłem od Bogusia, który był niepocieszony, że opuszczam go o tak wczesnej porze. Dochodziła dwudziesta pierwsza. Ania zdążyła zatelefonować już kilka razy. Podejrzewałem, że się na mnie wścieknie. Wcisnąłem pedał gazu. Leciwy pick-up chrypnął i jęknął. Na budziku pokazał 80 km/h, ale miałem wrażenie, jakbym jechał ponad 120 km/h. „Przydałby się nowy samochód" – pomyślałem i zwolniłem do siedemdziesięciu.

Co do reakcji Ani intuicja mnie nie zawiodła...

– Kolacja jest zimna, a tak się starałam! – Spodziewałem się, że to usłyszę, gdy tylko wejdę do mieszkania.

– Nie gniewaj się, proszę. – Dałem jej buziaka. Nie pomogło.

– Idę zapalić na balkon – powiedziała zła jak osa.

Poszedłem za nią. W połowie papierosa już jej przeszło. Była ciekawa przebiegu spotkania z Lisoniem. Pochwaliła się też swoją nową aktywnością. Po zajęciach poszła na zebranie młodzieżówki partii, w której właśnie zaczynałem karierę. Nie spodobało mi się to, a może byłem o nią zazdrosny.

– No więc kim jesteś w tej młodzieżówce? Szeregowym członkiem?

– Chyba sam jesteś członkiem. Ja jestem w zarządzie krajowym.

– Moje gratulacje. Już się nie gniewasz?

– Jeszcze nie wiem. Chodź, odgrzeję ci kolację.

Poszliśmy do kuchni. Byłem głodny, w szerokim rozumieniu tego słowa.

* * *

W kwietniu stałem się już pełnoprawnym działaczem partii „Teraz Zmiana", z obiecaną jedynką w okręgu olsztyńskim. Chodziłem na zebrania warszawskich struktur i byłem w kontakcie telefonicznym z ludźmi w Olsztynie, dość labilnym, ale uznałem to za normalne. Bo przecież każdy piśmienny wie, że na początku był chaos. A był jak cholera.

Wysyłałem też swoje teksty do obu gazet. Jako Aldona Nicpońska podgryzałem formację „Teraz Zmiana", wskazywałem błędy jej lidera, czasem nawet szydziłem z ruchów tej nowej, pozaparlamentarnej partii. Jako Michał Góralczyk wychwalałem za nieszablonowość, cięty język przewodniczącego, proeuropejskość i liberalizm. Nicpońska była mendą. Wyłuskiwała co barwniejsze postaci ugrupowania, grzebała w ich przeszłości, ze swadą i wrodzonym poczuciem humoru naigrywała się z osób, które pojawiały się w otoczeniu lidera i aspirowały do bycia posłami. Góralczyk był bardziej wyrozumiały. Wszystko, co krytykowała jego koleżanka po fachu, neutralizował peanami na cześć Lisonia i jego partii. Wskazywał na śmiałe projekty działaczy, chwalił happeningi, szydził z ciemnogrodu bezpardonowo piętnującego to ugrupowanie. Artykuły moich alter ego praktycznie pisały się same, bo działacze w większości byli postaciami nietuzinkowymi, tak samo jak lider, którego wypowiedzi często szokowały opinię publiczną.

Jako Dymarczyk miałem mnóstwo obaw, bo wiedząc, z kim mam do czynienia, bałem się ewentualnych konsekwencji. Choćby Adam Pałkowski... Poznany bliżej podczas warszawskich spotkań kandydat na posła z Lublina był nawet sympatyczny. Jednak przerażał mnie jego nadzwyczaj wysoki poziom agresywności. Ceniłem w facecie to, że potrafił jednak nad sobą panować. Gdy dyskusja robiła się gorąca, rzucał pod nosem: − No kurwa, wyjdę, inaczej go (ją) zajebię! − I naprawdę wychodził z sali, knajpy czy mieszkania, gdzie odbywało się zgrupowanie przedwyborcze. Ci, którzy znali jego przeszłość, przyjmowali to z ulgą. Łącznie ze mną.

Summa summarum cała ta działalność polityczna i dziennikarska nawet zaczęła mnie bawić, choć zajmowała mnóstwo czasu. Praktycznie nie miałem wolnej chwili. Była to dla mnie znacząca odmiana.

− Masz jeszcze jakiś kontakt ze swoją dawną redakcją? − Lisoń zagadnął, gdy pewnego dnia jechaliśmy na spotkanie do Olsztyna.

− Nie bardzo. Podpadłem naczelnemu, ale nie chcę o tym gadać. Dlaczego pytasz?

− Pisze w „Opiniach" jakaś Nicpońska, kawał kurwy. Jakbym ją dopadł, tobym zajebał. − Lider naprawdę jej nie lubił.

− Z „Opiniami" nigdy nie miałem nic wspólnego. Nie znam nikogo stamtąd, chociaż tytuł podlega chyba naszemu wydawcy. A nazwisko Nicpońska może być pseudonimem. − Tutaj akurat nie mijałem się z prawdą. Baby wcześniej nie znałem i posługiwała się pseudonimem.

− Rzeczywiście to tytuł należący do tego samego koncernu medialnego. Dlatego miałem nadzieję, że kogoś stamtąd znasz. Pal licho tę sukę! Jeszcze się doigra − powiedział. Po chwili dodał: − Na szczęście w twojej byłej redakcji jest jeden przychylny nam dziennikarz. Nie pamiętam nazwiska. Może spróbuj się dowiedzieć, kto to. Listy są już wprawdzie zamknięte, ale wciąż potrzebujemy podobnych do ciebie, nieprzeciętnych ludzi.

– Dobrze, spróbuję.

Dojeżdżaliśmy do rogatek Olsztyna. Przewodniczący wyjął telefon i wybrał numer do lokalnego koordynatora. Na miejscu czekała mnie niemiła niespodzianka. Nigdy nie zetknąłem się z taką rządzą władzy i kariery, w dodatku wyrażoną w tak zdecydowany i klarowny sposób. Lisoń rozmawiał w kącie sali z kolesiem, który w Olsztynie budował struktury od samego początku. Tyle zdążył mi szepnąć Karol Rolski, prawa ręka Lisonia. Nie zdążył powiedzieć więcej, bo zaczęła się jatka. Mikry z pozoru facet w pewnym momencie poczerwieniał na twarzy, a potem rzucił się w moim kierunku, sypiąc wiązanką przekleństw w niepospolitej kombinacji. Dzieliło nas kilka metrów, mimo to doskoczył do mnie w sekundę jak puma. Rolski zastąpił mu drogę, zasłaniając mnie własnym ciałem. Od zawsze czułem, że polityka nie jest bezpiecznym zajęciem.

– Co ty, kurwa, przyjeżdżasz sobie z Warszawy i myślisz, że dostaniesz jedynkę w moim okręgu? – Mikrus miał ogień w oczach i zaciśnięte pięści.

– Kolego, o co ci chodzi? – zapytałem spokojnie. Starałem się załagodzić sytuację.

– Jedynkę mam mieć ja, tak jak Janek mi obiecał, albo rozłożę tu wszystko. Kamień na kamieniu nie zostanie. Komu robiłeś laskę, kurwo jebana?

– Przepraszam, to chyba jakieś nieporozumienie. O co chodzi? – Lisoń był już przy nas.

– Wyjaśnimy sprawę spokojnie. Karolu, ogarnij problem. A my idziemy. – Jan wziął mnie pod rękę. Opuściliśmy wynajętą salę.

Ta mocno niezręczna sytuacja mnie rozbiła. Na spotkaniu było obecnych kilkanaście osób, przez rozwścieczonego karakana nie miałem nawet szansy z nikim się poznać ani porozmawiać. Usiedliśmy z Lisoniem w pobliskiej knajpie. Zaczął mi tłumaczyć, jakie trudności występują w okręgach, mówił o niestabilności emocjonalnej niektórych lokalnych liderów i ogólnych problemach, które pojawiają się w trakcie budowania od podstaw zupełnie nowej partii politycznej.

Kiwałem głową i słuchałem. Lisoń zapewnił mnie, iż dogada się z miejscowymi działaczami. Żebym nie brał tego do siebie, nie przejmował się. Nie przejmowałem się tylko dlatego, że... byłem w szoku.

W czerwcu kampania nabrała tempa. Emocje sięgały zenitu. Na spotkaniach z Janem Lisoniem pojawiało się coraz więcej ludzi, coraz więcej kamer i mikrofonów. Słupki poparcia dla partii nadal były nieadekwatnie niskie i stało to w sprzeczności z tym, co widziałem na własne oczy.

Moje życie przyspieszyło. Z domu wychodziłem rano, a wracałem późnym wieczorem. Anna też ciągle przesiadywała na zebraniach młodzieżówki, jeździła na happeningi i demonstracje. Dziwiłem się, że ma w ogóle czas na studiowanie. Widywaliśmy się o wiele rzadziej, choć od pewnego czasu mieszkaliśmy razem. Gdy miałem wolną chwilę, ona zwykle gdzieś wychodziła. Nie służyło to naszemu związkowi, ale rekompensatę stanowiła okrągła sumka od wydawcy, która wpływała na konto, nieomal dwukrotnie większa niż przed rozpoczęciem mojej politycznej przygody.

W poniedziałek trzynastego czerwca wróciłem nieco wcześniej niż zwykle, bo dochodziła dopiero dwudziesta pierwsza piętnaście. Anny nie było. Zadzwoniłem więc do ukochanej, chciałem zabrać ją na późną kolację do pobliskiej chińskiej knajpki. Nie odbierała. Zakląłem pod nosem. Ufałem jej, nie byłem zazdrosny, ale po prostu się martwiłem. Wiedziałem, gdzie spotyka się młodzieżówka. Wybrałem się do tymczasowego biura, które udostępniał jeden z bogatszych członków warszawskiego okręgu. Zastałem tam tylko kilka osób. Mariusza i Krzysia — dwóch sympatycznych, młodych gejów, i zezowatą Elkę, która walczyła o ich prawo do szczęśliwego pożycia oraz adopcji dziecka, kiedyś w niedalekiej może przyszłości.

— Sami jesteście?

— Nie, we trójkę — odpowiedziała zupełnie poważnie Elka.

— A reszta ekipy? Szukam Ani.

— Pojechali się odprężyć na imprezę do Krystiana — zakomunikował Krzyś, nie przestając głaskać po ręku Mariusza.

— Czyli gdzie?

– Tu ci zapisałam. – Zezowata aktywistka podała mi karteczkę i dodała zniechęcona: – Pewnie znów się pochlają, a jutro jest manifa. Musiałem się przemieścić na drugi koniec miasta. Zmartwiłem się, że szlag trafił kolację. Bo zanim wrócimy, nasza ulubiona knajpa będzie już zamknięta. Zostawiłem trójcę i udałem się pod wskazany adres. Znajdowała się tam okazała willa. Czekałem z dziesięć minut, zanim jakiś nawalony, młody koleś doczołgał się do bramy.

– A ja ciebie znam! Zachodź. Późno przyszedłeś, ale trochę alko zostało jeszcze – wybełkotał.

Dom był pełen młodych ludzi. Już w korytarzu poczułem charakterystyczny zapach palonego zielska. Zajrzałem do pokoju. Kilku chłopaków i parę dziewczyn oglądało pornola. Nikt się nie odwrócił.

– Sorry, widział ktoś Anię?

– Jaką Anię? – zapytał koleś siedzący najbliżej telewizora, podwójna penetracja, która wypełniała cały ekran, nie rozproszyła go ani trochę. Nawet nie spojrzał w moim kierunku.

– Taka ładna, czarne, krótkie włosy, anielski uśmiech.

– Aaa... to wiem, jest z Tomkiem na pięterku.

Zdrętwiałem, nie podobało mi się sformułowanie „na pięterku". Klient podziwiał nadal kunszt głównej aktorki biorącej udział w karkołomnej konfiguracji z dwoma czarnoskórymi osiłkami.

– Ja jestem Tomek – powiedziałem nieco bez sensu.

– Ale jest z innym Tomkiem.

Wzbudziłem w końcu jego zainteresowanie, bo odwrócił się, zmierzył mnie z góry na dół i dodał: – Tamten jest przystojniejszy. Bez urazy, ziom. Pobiegłem na piętro. Zajrzałem do pierwszego napotkanego pokoju. Pusto. Przed drzwiami drugiego stał znany mi z twarzy działacz młodzieżówki. Walił w drzwi pięścią i wrzeszczał: – Teraz zmiana! Teraz zmianaaa! Pomyślałem, że przeprowadza próbę przed nowym happeningiem. Ale nie. Gdy mnie zobaczył, przestał się drzeć, popatrzył zdziwionym, pijanym wzrokiem i spytał: – Siema, co tu robisz? Ledwo się trzymał na nogach. Palił papierosa i strząsał popiół na wykładzinę.

– Nic, kogoś po prostu szukam – odpowiedziałem.

– Bo jeśli chcesz zamoczyć, to musisz poczekać. Ja jestem drugi, a i tak już czekam pół godziny.

Zniecierpliwiony kopnął w drzwi i znowu krzyknął: – Teraz zmianaaaaa!!!

– Ale jak to: zamoczyć? – Serce waliło mi w piersiach jak Lennox Lewis Andrzeja Gołotę w pierwszej rundzie.

– No pociupciać, co ty po polsku nie rozumiesz? – Działacz strasznie bełkotał, ale na moje nieszczęście go rozumiałem.

– A kto tam jest? – zapytałem.

Miałem nadzieję, że trafiłem nie na to piętro, co trzeba. Odepchnąłem go i otworzyłem drzwi. W ostrym świetle żyrandola zobaczyłem piękny, znany mi kształt damskich pośladków i czarny kolor krótkich włosów dziewczyny, która w pozycji na jeźdźca ujeżdżała kogoś pod sobą.

– Ania?! – wykrzyknąłem.

Zgrabnie zeskoczyła ze swojego rumaka i odwróciła się z miną, której miałem długo nie zapomnieć. Pijane oczy wyrażały zakłopotanie. Drugą rzeczą, na którą zwróciłem uwagę, był sterczący, mały fiut. Wywołał we mnie histeryczny śmiech.

– Bawi cię coś? Zostawiałeś mnie samą na całe dnie, mogłeś przewidzieć, że tak się to skończy – wykrzyczała moja była już dziewczyna.

– Nie mogłem tego przewidzieć. Oddaj klucze.

Zaczęła płakać, nieporadnie próbowała założyć spodnie. Wszedłem do pokoju, rozejrzałem się. Jej torebka leżała na podłodze. Zabrałem znajdujące się w niej klucze i nie patrząc na Annę, wyszedłem.

– Ej, koleś, zostań, zajaramy, będzie spoko – krzyknął za mną klient sprzed drzwi, gdy zbiegałem po schodach.

Rozdział 3

Teraz miałem znacznie więcej czasu dla siebie i politycznej działalności. „Nie ma tego złego" – myślałem. Anka próbowała za wszelką cenę jeszcze ze mną się zobaczyć, tłumaczyć. Pisała SMS-y i e-maile. Bezskutecznie. Nie chciałem jej widzieć. I nie chciałem znać szczegółów jej aktywności w młodzieżówce partii „Teraz Zmiana". Nie było to łatwe, bo podobne informacje bywały przedmiotem ożywionych dyskusji, na przykład po głosowaniach i na zwykłych partyjnych spotkaniach na poziomie lokalnym. Szczęściem nie były dystrybuowane w oficjalnych materiałach partii. Niestety na nieformalnych forach internetowych tak. Zostałem więc jednym z wielu rogaczy w mojej formacji. Przeklinałem starego, który jeszcze niedawno zapewniał, że wrażeń mi nie zabraknie. Znał życie, skurczybyk.

– Nie przejmuj się. My faceci tak mamy. Ale w końcu trafiamy na odpowiednią kobietę – powiedział Jakub Szymes i poklepał mnie po ramieniu.

Był jak przyjaciel, którego potrzebowałem. Bogdan został gdzieś w Warszawie i pisał spokojnie, za biurkiem w redakcji, tekst do kolejnego numeru gazety. Ja byłem w drodze do Torunia. Oprócz Szymesa jechał z nami jeszcze pełniący obowiązki szefa biura prasowego Jordan Jaskulski, który brał udział w szczególnie ważnych, głównie mniej oficjalnych misjach.

– Po co tam jedziemy? – zapytałem. Wolałem zmienić temat.

47

– W Toruniu jest niezłe gówno. Musimy je trochę po-perfumować, wybory za trzy miesiące, nie potrzeba nam takich wrzutek. – Jaskulski był oszczędny w słowach. Przypominał trochę kosmitę. Łysy, o wielkich, wyłupiastych oczach. Mówił i reagował z opóźnieniem. Nie mogłem wykluczyć, że pochodził z innej planety. Nikt nie mógł. A wielu to podejrzewało. Co czasem stawało się przedmiotem mniej lub bardziej wyrafinowanych żartów.

– Powiesz coś więcej? I tak chyba na miejscu się dowiem, więc może byś mnie nieco wprowadził w ten gówniany temat? – dociekałem.

Koleś był irytujący. Zawiesił się. Dopiero po kilku sekundach zdecydował się znów otworzyć usta.

– Przewodniczący okręgu w Toruniu popełnił wczoraj samobójstwo… – powoli, zbyt powoli wycedził sensacyjną informację. Ewidentnie chciał sprawdzić moją reakcję.

– Takie rzeczy się zdarzają, może miał kłopoty – powiedziałem. Nie bardzo rozumiałem, po co ta cała nasza delegacja.

– Może dziewczyna mu się puściła… – niepytany o opinię odezwał się kierowca, który wiózł nas na miejsce.

– A jaki to ma związek z nami? – dopytywałem się. Nie podobał mi się wątek ze zdradą.

– Istniał konflikt między nim a zarządem w Warszawie. Facet usłyszał, iż nie załapie się na biorące miejsce na liście. Był poróżniony z Rolskim, którego Lisoń bardzo poważa – wyjaśnił Jaskulski.

– Nie wierzę, żeby ktoś z takiego powodu mógł się targnąć na swoje życie... – Ta historia była dla mnie tyle tragiczna, co dziwaczna.

– Eee... Mój znajomy rzucił się na linę, bo żonę miał kurwę, wszyscy to wiedzieli, tylko nie on. A jak się już dowiedział, to się wyhuśtał. – Kierowca znużony drogą bardzo chciał podyskutować.

– Panie, zamknij się już, dobrze? – Jaskulski oczywiście znał moją historię z Anną, choć nikomu nic nie mówiłem. Byłem mu wdzięczny, że powstrzymał słowotok gościa za kółkiem.

– Tak czy siak, musimy sprawdzić, co się stało, czy ma to związek z nami, czy nie. Bo jeszcze pismaki się rzucą jak hieny i narobią nam dymu. Niedługo wybory. Trzeba dbać o wizerunek – Szymes uciął temat.

W duchu przyznałem mu rację. Nicpońska już szykowała materiał do „Opinii" na temat tajemniczego samobójstwa szefa toruńskiej struktury partii „Teraz Zmiana".

Z kobietą ubraną na czarno umówiliśmy się na starówce. Była siostrą samobójcy. Nie podobała mi się ta sytuacja.

– Dziękuję, że zechciała się pani z nami zobaczyć. A nie na przykład z dziennikarzami – powiedział Jakub Szymes i na przywitanie pocałował ją w rękę.

– Tego, panowie, jeszcze nie wykluczam. Brat zostawił list. Obwinia was w nim o wszelkie zło, którego doznał. Oddał wam serce i tyle zaangażowania. Kawał życia wam poświęcił. A jak go potraktowaliście?! – Kobieta miała podkrążone oczy, po policzku popłynęła jej łza.

– Jaki list? – zaniepokoił się Jaskulski. Jego reakcja była opóźniona, ale wyrazista.

– Pożegnalny list...

Zupełnie się rozkleiła i zaczęła szlochać. Goście przy sąsiednich stolikach spoglądali na nas jak na grupę stręczycieli. Przez sekundę, może dwie nikt z naszej delegacji nie reagował. W trzeciej sekundzie nie wytrzymałem i położyłem dłoń na ramieniu kobiety, chcąc ją jakoś pocieszyć.

– Nie dotykaj mnie, ty bydlaku! – Siostra denata niespodziewanie zaatakowała.

Zmartwiałem. Nieopodal siedziało kilku napakowanych osiłków. Dowiedziałem się o tym dopiero wtedy, gdy dwóch z nich momentalnie znalazło się tuż obok nas. Byli urodzonymi obrońcami napastowanych kobiet, a przynajmniej na takich wyglądali.

– Czy dzieje się pani jakaś krzywda? Bo raz dwa możemy zrobić porządek z tymi cherlakami.

Rzeczywiście przy owych mutantach mogliśmy wyglądać na wymoczków. Żaden z nas nie przyjmował sterydów...

– Nie, to prywatna sprawa. Omawiamy kwestię pogrzebu bardzo bliskiej mi osoby – odpowiedziała. Momentalnie otarła oczy i tym samym nieświadomie dała nam do zrozumienia, na czym jej naprawdę zależy.

Byczki zdębiały. Spojrzały na nas z nieco innej perspektywy. Biorąc nas chyba za płatnych morderców, napakowani faceci kiwnęli mechanicznie głowami i wrócili do swojego stolika.

– Pani brat był jednym z nas, nie jest naszą intencją pozostawienie pani samej w trudnej sytuacji. Chcemy jakoś zrekompensować tę stratę. – Jordan Jaskulski nabierał pewności siebie.

– W jakimś ograniczonym zakresie… ale tak, postaramy się pomóc – odezwał się Szymes, pragnąc jak najszybciej zakończyć sprawę.

W ciągu godziny uporaliśmy się z problemem. Odnosiłem nieodparte wrażenie, że zmarły w tragicznych okolicznościach brat nie był szczególnie bliski siostrze. Relatywnie niewielka kwota pieniędzy osuszyła jej łzy i pozwoliła nam uzyskać wyłączne prawa autorskie do pożegnalnego listu, który nigdy nie miał już ujrzeć światła dziennego. Późno w nocy powróciliśmy do Warszawy.

* * *

Nadeszło lato. Większość polityków już się nie przepracowywała, chociaż z relacji telewizyjnych wynikało, że posłowie nie sypiają po nocach, aby ulżyć ciężkiej doli polskiego społeczeństwa. Był jednak jeden prawdziwy wyjątek. Jan Lisoń. Mimo okresu wakacyjnego jeździł od miasta do miasta i wciąż niezłomnie przekonywał obywateli do swoich racji, wszędzie wzbudzając ekscytację. Towarzyszyła mu wierna grupa najbliższych współpracowników, a wokół zbierały się coraz liczniejsze tłumy. Tego nawet najbardziej niechętne Lisoniowi media nie mogły już ignorować. Byli jeszcze redaktorzy, którzy robili to samo co Nicpońska. Szydzili i pluli. Politycy ze starej nomenklatury, którzy dostrzegali w nowej partii zagrożenie, ów negatywny nurt bardzo podsycali, wykorzystując młodych, niedoświadczonych dziennikarzy i swoje mniej czy bardziej oficjalne kontakty w mediach.

Redaktor Aldona Nicpońska po kilku miesiącach pracy dla „Opinii" dysponowała taką liczbą wiadomości, że nie była ich w stanie efektywnie spożytkować. Zaczęła więc niektóre udostępniać innym dziennikarzom, otrzymując w zamian interesujące ją rewelacje. Robiła to bez skrupułów.

Redaktor Michał Góralczyk był inny i choć pozytywnych informacji na temat partii Lisonia miał nieco mniej niż negatywnych, jednak robił wszystko, by mnożyły się one w materiałach pism, stacji telewizyjnych i radiowych, które formacji „Teraz Zmiana" sprzyjały. Góralczykowi przynosiło to dodatkową korzyść w postaci nowych kontaktów.

Dla mnie sytuacja robiła się bardzo skomplikowana. Czułem się, jakbym miał trzy kobiety i musiał dokonywać cudów, by żadna z nich nie mogła dowiedzieć się o pozostałych. Najgorsze, że zupełnie nieźle dawałem sobie z tym radę, w dodatku zaczęło mi się to podobać.

Ale zapowiadało się jeszcze ciekawiej. Dymarczyk miał niedługo objawić się w mediach jako kandydat na posła.

* * *

– A to kurwa! W takim momencie! Nie chodzi jej wyłącznie o pieniądze, chce się odegrać! Szlag! Lisoń dostał szału. Biegał po pokoju i rzucał, czym popadnie. Współpracownicy schodzili mu z drogi, czekając, aż da się z nim nawiązać kontakt. Wreszcie opadł na fotel. Ciężko oddychał. Poprawił rozwichrzoną czuprynę, wziął do ręki gazetę i doczytał do końca artykuł w tygodniku „Na Wyrost". W pomieszczeniu zapanowała cisza.

– Chodź, musimy pogadać – powiedział po chwili do zawsze obecnego przy nim Jaskulskiego, wziął go pod ramię i przeszli do drugiego pokoju. Zamknęli za sobą drzwi.

– Musisz umówić się z nią na spotkanie, zabierzesz ze sobą mecenasa i ustalicie taką formę odszkodowania, która mnie nie zrujnuje, a jej zamknie mordę raz na zawsze. Chcę mieć notarialne potwierdzenie, że nigdy więcej nie puści pary z gęby na mój temat.

– Dobrze, Janku. Ale nie lepiej, żebyś był przy tym obecny?

– Nie chcę jej, kurwa, oglądać. W każdym razie z pewnością nie do wyborów. Mógłbym zrobić coś, czego bym potem żałował. Najważniejsza jest kampania. Nie możemy jej spieprzyć. Jeśli nam się teraz nie uda, to już nigdy. A ta... kobieta jest teraz moim najważniejszym problemem. Masz załatwić tę sprawę! Jasne?

– W porządku, idę dzwonić do mecenasa. Do Konrada Molendy?

– No pewnie, że do Molendy, tylko on to potrafi załatwić.

* * *

Był koniec sierpnia, wczesny wieczór. Wreszcie miałem wolne. Politycy korzystali z ostatnich dni wakacji. Wydawcy nie mieli specjalnie zbyt wiele pracy, trwał jeszcze sezon ogórkowy. Lisoń udzielał wywiadów na prawo i lewo, bo on wakacji nie miał. Właśnie oglądałem jego wypowiedź dla Danuty Popielnik w TV24. W nienagannie skrojonym, szytym na miarę garniturze prezentował się znakomicie, mówił sensownie i budował napięcie, poruszając najbardziej drażliwe tematy, między innymi legalizacji miękkich narkotyków i stosunków państwo–Kościół. Widać było, że dziennikarka go faworyzuje. „Słupki rosną, co, szefunciu?" – pomyślałem. Uśmiechnąłem się i zapaliłem skręta. Musiałem się wyluzować. Nie używałem zielska zbyt często, ale zgadzałem się z Lisoniem co do jednego. Za wypalenie jointa nie powinno się trafiać w kazamaty. W momencie gdy sobie uzmysłowiłem, iż za to, co właśnie robiłem, mógłbym pójść siedzieć, odezwał się dzwonek domofonu. Pierwsze, co mi wpadło do głowy — policja! Rzuciłem się w kierunku toalety i wyrzuciłem niedopałek do muszli. Spuściłem wodę. Wtedy przypomniałem sobie, że za półką z książkami schowany był drugi skręt. Znowu złowrogo zadzwonił domofon. No żeż, kuźwa, wyszarpnąłem zza książek zawiniątko i jak sprinter ze sztafety pobiegłem znaną mi drogą. Gdy pozbyłem się towaru, wpadłem do przedpokoju i nacisnąłem przycisk domofonu. Odblokowałem drzwi klatki i już spokojnie czekałem na wizytę dzielnicowego. Zasiadłem w fotelu, ale po chwili ze zgrozą uświadomiłem sobie, iż to nie wszystko. Otworzyłem na oścież okno i wywietrzyłem charakterystyczny zapach zioła. Znów usiadłem w fotelu i jak prawy obywatel czekałem na niezapowiedzianą wizytę.

Ktoś delikatnie zastukał do drzwi. „A jeśli to ABW?" — taka absurdalna myśl pojawiła się w mojej ujaranej głowie. THC robiło swoje. Poszedłem powoli do przedpokoju, pukanie było bardziej natarczywe. Otworzyłem. I odetchnąłem z ulgą. Nie zobaczyłem nikogo w mundurze. W progu stała Anna.

— Mogę wejść? — zapytała cicho.

— Chyba tak, ale nie rozumiem, po co…

Nie dała mi dokończyć, tylko wtuliła się we mnie. Zamknąłem drzwi i przekręciłem zamek.

— Posłuchaj, to czas przeszły, już tego nie ma — powiedziałem i odsunąłem ją zdecydowanym ruchem. — Jeśli chcesz… — dodałem po chwili namysłu — może być seks. Nic więcej. Zrobię ci kolację i rano wrócisz do siebie.

Nie miałem zobowiązań, a Anna była dobra w łóżku. No i miałem większego członka niż koleś z młodzieżówki, którego niedawno ujeżdżała.

– OK. Niech tak będzie. Przynajmniej się pożegnamy jak ludzie.

Nie byłem pewny, czy tak żegnają się ludzie. Pod ubraniem, które już w korytarzu zrzuciła z siebie, miała koronkową bieliznę, pończochy i podwiązki. A przez następne dwie godziny robiliśmy to samo co robią norki, żeby mieć dzieci. Z tym że ja, w przeciwieństwie do tych sympatycznych zwierząt, zawsze miałem przy sobie prezerwatywy.

Rano Ankę spławiłem, ale przedtem wymogłem na niej przyrzeczenie, że nigdy więcej się ze mną nie skontaktuje. Chyba liczyła na coś innego, jednak obiecała, iż nie będzie mnie więcej niepokoić. Dotrzymała słowa.

Wakacje szybko minęły. Działacze i ci, którzy mieli chrapkę na poselskie mandaty, padali na ryj. Wszyscy, tylko nie Jan Lisoń. Był jak terminator napędzany przez nieznane współczesnej nauce źródło zasilania. Dzień zaczynał o szóstej rano, a kończył po północy. Spotkania z wyborcami, wywiady wypełniały mu również weekendy. Jego wysiłki przynosiły widoczne efekty. Sondaże przeprowadzane na zlecenie niektórych mediów dawały już ugrupowaniu „Teraz Zmiana" szansę na przekroczenie pięcioprocentowego progu wyborczego. Oczywiście wspierały go tytuły bezpośrednio związane z wydawcą, dla którego i ja pracowałem. A gwoli ścisłości – dwa moje alter ego, Nicpońska i Góralczyk. Ale też coraz bardziej przychylne mu były inne media. Widziałem, co działo się na ulicach i miałem pewność, iż ostateczny wynik wyborczy może być dla wielu zaskakujący.

Z początkiem września polskie dzieci wróciły do szkół, a politycy do radiowych i telewizyjnych programów. Popyt na Lisonia w stacjach tv nadzwyczajnie wzrósł, był tak ogromny, że lider partii „Teraz Zmiana" praktycznie w nich zamieszkał. Większości dziennikarzy zależało na tym, by mieć wysoką oglądalność, a Lisoń to zapewniał, bo celowo lub nie zupełnie nie zwracał uwagi na konsekwencje wypowiadanych przez siebie opinii. Przyjął przewrotną taktykę – jeśli coś wywoływało falę powszechnego oburzenia, później za to przepraszał, tłumacząc na przykład, że zupełnie coś innego miał na myśli.

Podczas krótkiego spotkania, jakie odbyliśmy w połowie września, gdy robiłem mu wyrzuty i sugerowałem, iż powinien może nieco się powstrzymać, ugryźć w język, wytłumaczył mi, dlaczego tak postępuje.

– Dzięki każdej kontrowersyjnej wypowiedzi rosną emocje. Jeżeli ich nie ma, nie istniejesz – mówiąc te słowa, spojrzał zimnymi oczami, jakby próbował mnie zahipnotyzować.

– Ale przecież często narażasz się przez to na falę krytyki, co może mieć wpływ na wynik wyborów. Warto podejmować ryzyko? – zapytałem.

– Warto. Potem dziennikarze przybiegają po mój komentarz. Wtedy grzecznie albo tłumaczę, albo przepraszam, jeśli emocje przekroczyły czerwoną linię.

– I jaki jest tego sens? – Naprawdę nie rozumiałem.

– Mam za friko dodatkowy czas antenowy. Proste, prawda? – Lisoń zaczął się śmiać, bo musiałem mieć głupią minę.

Genialne, facet przypominał mojego redakcyjnego szefa. Stałem przez chwilę w biurze Lisonia jak baran, nie wypowiadając ani słowa.

– Tomku, ale zaprosiłem cię w innej sprawie. Trochę się pokomplikowało.

– Co masz na myśli? – Wiedziałem, że ma dla mnie jakieś niedobre wiadomości.

– W Olsztynie nie dostaniesz jedynki. Nie da rady.

– Przecież dałeś słowo! Co się stało? – Byłem wzburzony. Traciłem właśnie szansę, by zostać posłem. Chociaż po tych kilku miesiącach działalności w polityce już mi nie zależało. Wolałem pracować jako Nicpońska i Góralczyk. Dawało mi to znacznie więcej satysfakcji. Ale podniosło mi się ciśnienie na myśl, że facet próbuje zrobić ze mnie frajera i łamie przyrzeczenie.

– Słuchaj, walczymy o zmianę. Walczymy o inną Polskę. To wojna, którą musimy wygrać. Każda jedynka jest lokomotywą, która staje się twarzą kampanii i zdobywa nam dodatkowe głosy. Znalazłem bardziej rozpoznawalną twarz niż twoja, bez urazy... – Lisoń przerwał, jakby czekał na moją reakcję. Przynajmniej tak to odebrałem.

— Dostanę dwójkę? — zapytałem z nadzieją, choć w zasadzie drugiego miejsca na liście byłem pewny.

— Mocną piątkę. Zgodnie z obietnicą złożoną ci na samym początku. Ale chcę, żebyś dodatkowo objął funkcję pełnomocnika okręgu trzydzieści pięć. Po wyborach parlamentarnych uczynimy wszystko, żebyś był tam szefem. Potrzebujemy ludzi takich jak ty. To jest dopiero początek.

Zrobiłem szybką kalkulację. Jako koordynator okręgu będę miał dostęp do dużej liczby informacji z terenu, a styczność z innymi szefami lokalnych struktur da mi wiedzę, co dzieje się w pozostałych rejonach kraju. Do tego jeszcze ciągły kontakt z Warszawą i zarządem partii. Czyli prawdopodobnie przez najbliższych kilka lat nie zabraknie mi wiedzy, którą diabelski duet Nicpońska i Góralczyk będzie zamieniać na artykuły prasowe. Kasa z tego już teraz była większa niż poselska dieta, więc uznałem, że to dobry interes.

— W porządku, rozumiem. Na rzecz naszej partii można też działać na innych płaszczyznach. — Pokiwałem głową i uścisnąłem wyciągniętą do mnie dłoń Lisonia.

— To przynajmniej zdradź, kto w końcu zostanie jedynką w okręgu olsztyńskim. — Byłem zwyczajnie ciekawy.

— Marek Rosłoń.

Janek przyglądał mi się uważnie.

– On chyba jest gejem. Z organizacji walczącej o prawa mniejszości… pisałem o nim kiedyś. Ale taka decyzja przecież wzbudzi kontrowersje.

– Uwierz mi, już wzbudza. I właśnie o to, drogi kolego, chodzi. Rosłoń będzie pierwszym gejem Rzeczypospolitej. Masz coś przeciwko niemu?

– Nie, bardzo ciekawa postać. Nie mam uprzedzeń do ludzi.

– Nawet do pedałów? – Lisoń mnie badał. Lubił oceniać innych.

– Są tacy jak my…

– No, mów za siebie, Dymarczyk – warknął.

Rosłoń był największą niespodzianką w gronie wyborczych lokomotyw w całym kraju, pośród kandydatów wystawionych przez wszystkie partie polityczne. Zdeklasował czarnoskórego nauczyciela akademickiego pochodzącego z Zambii, czarnoskórego pastora z Nigerii, byłego księdza oraz osobę transseksualną. Gdyby zostali oni posłami, znaczyłoby to, że nasz kraj dołączył wreszcie do nowoczesnej Europy. Do wyborów zostało niespełna pięć tygodni.

Rozdział 4

W wynajętej sali w Pałacu Kultury i Nauki od rana trwały przygotowania do wieczoru wyborczego. Kilkudziesięciu działaczy „Teraz Zmiana" z wypiekami na twarzy robiło co w ich mocy, by stał się wyjątkowy. Lider ugrupowania był w ciągłym kontakcie telefonicznym ze swoimi najbliższymi współpracownikami. Każdy bez wyjątku miał dobre samopoczucie i pewność wygranej. Choć ostatnie sondaże nie wskazywały na sukces, walczyli do samego końca. Nadeszła chwila prawdy. Dzisiaj miało się okazać, czy ciężka praca zaowocuje zwycięstwem wbrew słupkom większości sondażowni.

Po południu parking przed pałacem był pełen telewizyjnych wozów transmisyjnych, a dziennikarze biegali z mikrofonami, wyławiając tych, którzy ich zdaniem mieli cokolwiek wspólnego z partią „Teraz Zmiana". Atmosfera gęstniała.

Już o dziewiętnastej trzydzieści w sali panował wielki ścisk. Ludzie czekali na ogłoszenie wstępnych wyników wyborów. Stałem blisko sceny na jednej nodze. Druga wisiała w powietrzu między statywem kamery publicznej telewizji i jej operatorem. Harmider był ogromny. Kilka minut po dwudziestej wszyscy zamarli. Na telebimie pojawiły się słupki. Brakowało pod nimi tylko podpisów partii, które brały udział w gonitwie. Pierwsza partia nie była zaskoczeniem. Następna ogromnym! Ugrupowanie

Jana Lisonia zdobyło drugie miejsce! Tego nikt, łącznie z jej liderem, się nie spodziewał. Po sekundzie dojmującej ciszy wybuchła burza oklasków, rozległy się gwizdy i krzyki zgromadzonych. Euforia w iście amerykańskim stylu. Brakowało jedynie confetti i cheerleaderek. Ustabilizowaną polską scenę polityczną zaburzyła wyśmiewana do tej pory formacja „Teraz Zmiana". Telefon co chwilę informował mnie o nadchodzących SMS-ach oraz połączeniach. Wyłączyłem go i zacząłem przedzierać się przez tłum w kierunku wyjścia. W domu byłem przed dwudziestą drugą. Już w spokoju oglądałem relacje telewizyjne oraz słuchałem wywiadów z wieczoru wyborczego. Ponownie włączyłem smartfona – kilkanaście nieodebranych połączeń i wiadomość od naczelnego: „Jutro w moim letniskowym domu o osiemnastej".

* * *

Posłowie i posłanki partii „Teraz Zmiana" stanowili kolorowy, demokratyczny przekrój społeczeństwa. Wśród przedstawicieli narodu znaleźli się między innymi nauczycielka, robotnik, wyrokowiec, aktor, feministka, ateista, biznesmen, alkoholik, gej, dziennikarz, była zakonnica. Zbieranina, dzięki której o tym ugrupowaniu ciągle mówiło się we wszystkich mediach. A kupony od owego zainteresowania odcinał lider formacji.

Lisoń czuł, iż nadchodzi jego czas. Sukces, którego był twórcą, miał być pierwszym krokiem realizacji długofalowych planów.

Na samym starcie świeżo upieczeni posłowie i posłanki naprędce zaczęli wydawać pieniądze, które im przysługiwały na prowadzenie biur. Od czegoś musieli zacząć. Można powiedzieć, że początek okazał się tak niebanalny jak postaci, które zdobyły mandaty do parlamentu. Poseł Hieronim Konarski był alkoholikiem. Nikt tego nie wiedział, bo jak większość dotkniętych tą chorobą ludzi potrafił doskonale się maskować. Zawsze dobrze ubrany, gładko ogolony. Woń alkoholu maskował, żując cynamon, którego kawałek zawsze miał w kieszeni, i wodą toaletową o intensywnym zapachu. Przez pierwsze pół roku sprawowania urzędu nikt się nie połapał, że Hieronim chleje na potęgę. Aż do kontroli, którą na wniosek poirytowanych wyborców przeprowadziła sejmowa komisja w jego biurze poselskim. Konarski był też typem cwaniaka. Gdy zorientował się, iż wynajęcie lokalu na poselskie biuro może kosztować go nawet dwa tysiące złotych miesięcznie, znalazł inne rozwiązanie. Miał mieszkanie, które dzielił z ojcem. Wezwał któregoś ze swoich społecznych asystentów i z jego pomocą wykonał szybki remont jednego pokoju, by nadawał się na biuro. Wszystko sprowadziło się do odświeżenia czterech ścian (sufitu nie malowali, gdyż nie mieli drabiny) i okazały gabinet posła był gotowy. Na ścianie Konarski powiesił wydrukowane w formacie A4 państwowe godło. Wstawił też kupione z państwowych pieniędzy biurko i dwa krzesła. Dzięki temu dwa tysiące na miesiąc za wynajem nie zostały zmarnotrawione, a spożytkowane w optymalny sposób. Trafiały do kieszeni posła.

Dochodowe rozwiązanie funkcjonowałoby pewnie długo z pożytkiem dla zmyślnego polityka, gdyby nie zawiść ludzka i złośliwość rzeczy martwych. No, prawie martwych i nie do końca rzeczy. Chodziło tu o ojca Konarskiego, który również był alkoholikiem. Obywatele zgłaszający się do posła musieli przejść przez pokój przechodni, który okupował Konarski senior. Ten notorycznie będąc pod wpływem alkoholu − z tą jednak różnicą, że się nie golił i nie żuł cynamonu − narzucał się petentom. Podawał się za asystenta społecznego, próbował zagadywać lub prosił o drobne na alkohol. To doprowadziło w końcu do kontroli w biurze poselskim Konarskiego, w konsekwencji czego musiał on zwrócić nienależnie pobrane pieniądze.

Poseł Karol Rolski był inny. Świetnie ubrany, z dobrym zegarkiem na ręku, typ biznesmena. Dawno skończył czterdziestkę, ale wciąż podobał się kobietom. Z wzajemnością. Uwielbiał je, bez względu na wiek i urodę. Miał fioła na punkcie damskich tyłków i piersi. Na własne biuro nie żałował społecznego grosza. Wynajął najbardziej reprezentacyjny lokal w swoim okręgu. Fachowa ekipa przeprowadziła w nim remont. Gabinet, łazienka i mały mieszkalny aneks, a także meble i wyposażenie były na europejskim poziomie.

Pierwszego dnia urzędowania Rolski zorganizował casting na asystentkę. Chciał być pewny, że ta, którą wybierze, będzie miała najwyższe kwalifikacje. Dziewczyna, która się pojawiła na początku, przyniosła imponujące CV. Pracowała wcześniej jako asystentka w dużej firmie handlowej, znała biegle angielski i niemiecki. Komputer obsługiwała bez najmniejszych problemów. Rolski wysłuchał jej uważnie, ale... nie wiedział, gdzie podziać wzrok. Nie mógł na nią patrzeć. „Kurwa, mogłem kazać załączyć zdjęcie do podania o pracę!" – pomyślał zdegustowany. Nie był wybredny, jednak dziewczyna nie spełniała nawet minimum jego oczekiwań. A braku urody nie kompensował choćby biust. Bo starająca się o pracę panna praktycznie go nie miała.

– Bardzo pani dziękuję. Numer telefonu jest w CV. W przyszłym tygodniu się skontaktujemy. Przepraszam, nie zaproponowałem kawy, ale za chwilę mam spotkanie z dziennikarką, więc, pani wybaczy, musimy zakończyć rozmowę.

– Dobrze, oczywiście, rozumiem, panie pośle. Bardzo dziękuję za poświęcony czas. Czekam w takim razie na telefon. – Dziewczę elegancko pożegnało się i wyszło.

Poseł Karol odetchnął z ulgą. Zaparzył sobie kawę. Zapalił dunhilla. Usiadł przy laptopie i wstukał adres internetowy jednego z portali z ogłoszeniami towarzyskimi.

Tak go wciągnęło przeglądanie ofert, że nie zauważył kolejnego gościa...

Na blacie biurka czerwone, długie paznokcie wystukiwały międzynarodówkę albo bardzo podobną melodię. Przeniósł wzrok sprzed monitora najpierw na blat, a potem powoli skierował oczy w górę. Omiótł spojrzeniem głęboki dekolt, z którego wylewały się ogromne piersi, i w końcu dojrzał twarz młodej, atrakcyjnej brunetki.

– Byłam umówiona z panem posłem w sprawie pracy. Dobrze trafiłam? – dziewczyna mówiła wolno, a po ostatnim słowie delikatnie przygryzła dolną wargę.

– Tak, bardzo dobrze... – Poseł czuł, że ta kandydatka może mieć właściwe kwalifikacje.

– ...Napiłaby się pani kawy?

– A można coś mocniejszego? Jest już późne popołudnie. Chyba nie byłoby więc nietaktem wypicie odrobinki wina? Mam na imię Monika.

Dziewczyna podała rękę Rolskiemu. W trakcie powitania zmysłowo połaskotała paznokciami wewnętrzną stronę jego dłoni.

– Niech pani usiądzie, Moniko. Nie mam wina, ale oryginalnego szampana owszem. Może być?

– Gdyby znalazły się jeszcze truskawki, byłoby idealnie... – Dziewczę niepytane usiadło na sofie, która stała w rogu lokalu, i założyło nogę na nogę.

Karol Rolski nie miał już głowy do tego, żeby pytać o kwalifikacje. Gdy wypili po lampce szampana, przekręcił klucz w drzwiach i zasunął rolety. Włączył światło – eleganckie, kryształowe kinkiety – by stworzyć właściwy nastrój. Po krótkiej chwili poseł patrzył na czubek głowy Moniki, która klęczała przed nim i demonstrowała swoje umiejętności oraz fachowość. Była świetna. Mlaskała i wzdychała w czasie tego pokazu. Rolski miał już pewność. Nie będzie szukać innej asystentki. Chciał się jednak dowiedzieć o niej jak najwięcej. Kazał jej więc wstać. Rozerwał bluzkę i uwolnił olbrzymie piersi. Ten egzamin Monika również zaliczyła. Przyssał się do nich, miętosił, a gdy już się nimi nacieszył, zaczął nacierać.

– Obróć się, oprzyj o ścianę i wypnij tyłeczek. Chcę cię ostro przetestować.

– Och, ty niedobry pośle… – przez sekundę jakby się przekomarzała, ale posłusznie zdjęła króciutką spódniczkę, zsunęła czerwone stringi i przylgnęła do ściany, wypinając apetyczne pośladki.

Poseł wszedł w nią i tym samym rozpoczął finałowy test. Asystentka, wciąż jeszcze bez oficjalnej umowy, dawała pokaz wybitnych umiejętności. Wyła rytmicznie w takt uderzeń, które fundował jej poseł – prawa ręka szefa największej opozycyjnej partii w Polsce. Całość nie trwała długo. Jednak Monika nie wydawała się zaskoczona. Z doświadczenia wiedziała, że faceci w zetknięciu z jej atutami nie mogli się opanować.

Gdy już po wszystkim w milczeniu palili papierosy, do biura zaczął się ktoś dobijać.

– I co teraz? – Wypuściła kłąb dymu w kierunku Rolskiego.

– Nic, nie otworzymy. Przecież już mam asystentkę.

Oboje się roześmiali.

Następnego ranka w biurze posła pojawił się jego młody asystent społeczny. Pierwsze, co zobaczył, to totalny bałagan w gabinecie. Puste butelki, kartony po sokach, zużyte papierowe chusteczki wyrzucone w kącie, damskie czerwone figi pod krzesłem. Niedługo mieli przyjechać tu dziennikarze i sam poseł Rolski. Lokal z pewnością nie nadawał się do przeprowadzenia w nim konferencji prasowej. Za to byłby doskonałym miejscem na nagranie krótkiego programu przez redaktora Fajbusiewicza. Nagle coś jeszcze przykuło uwagę młodego aktywisty, a jednocześnie go przeraziło. Stanął jak wryty. Szybko wyciągnął telefon i wybrał numer jednego z działaczy młodzieżówki, swojego kolegi.

– Stary, jedź do marketu, kup wiaderko farby, pędzel i dawaj szybko do biura – powiedział wzburzony. – Tylko migiem, za dwie godziny będą tu dziennikarze, a jest chujnia z grzybnią.

Chłopak z wiaderkiem i pędzlem pojawił się po czterdziestu minutach.

– O co chodzi z tą farbą? – zapytał zdumiony. – Przecież wczoraj rano ekipa skończyła malowanie.

– O co chodzi? O co chodzi?... Popatrz! – Młody asystent wskazał na jedną ze ścian.

Ten spojrzał i oniemiał. Na wysokości oczu (był bardzo niski jak na szesnaście lat) zobaczył dwa olbrzymie odbicia piersi, a poniżej zarys ud. W życiu czegoś takiego nie widział.

– Co to, kurwa, jest?

– Nie wiem. Wygląda jak odbite na ścianie cycki. Trzeba to natychmiast zamalować i zdążyć przed briefingiem.

– Może da się czymś zasłonić? – Młody kombinował wpatrzony w nietypowy ozdobnik.

– Nawet nie mamy banerów z reklamą partii. Miały być, a nie ma. Poza tym bezpieczniej jednak zamalować, bo jeśli ktoś zauważy, na przykład żona posła, to będzie zadyma. Musimy zdążyć. Dawaj farbę.

Działacze młodzieżówki byli ambitni i zdolni. Zanim pojawili się dziennikarze, ściana została fachowo pomalowana. Na soczysty cytrusowy kolor.

* * *

Naczelny zwykle nie zapraszał mnie do siebie. Dał dodatkowe wytyczne zaraz po ogłoszeniu wyniku wyborów, a w nich założenia programowe dla mojej aktywności na łamach dwóch gazet. Teksty, jakie pisali Nicpońska i Góralczyk, były najczęściej akceptowane bez większych uwag ze strony szefostwa. Niektóre, te zbyt drastyczne albo ryzykowne dla wydawcy, nie trafiały do druku, tylko do mojego specjalnego archiwum w laptopie. Powoli zbierał się materiał na całkiem pokaźną publikację. Gdy objętość plików przekroczyła sto megabajtów danych, w postaci skanów dokumentów, zdjęć, nagrań oraz tekstów, dla pewności wykonałem dwie zapasowe kopie na nośnikach USB. Jedną przypiąłem do swoich kluczy. Drugą schowałem w szufladzie biurka.

Wszystkie teksty wysyłałem do Bogdana. Nie miałem okazji często się z nim spotykać, dlatego ucieszyłem się, gdy powiedział, że też jest zaproszony do starego na osiemnastą.

Pojechaliśmy taksówką na koszt wydawnictwa kilkanaście kilometrów za Warszawę, gdzie Szymon Machnik miał mały, letniskowy domek. Tam czasem odbywały się spotkania kolegium redakcyjnego, jeśli trzeba było bezpiecznie i spokojnie pogadać. Poczułem się więc wyróżniony. Szybko dotarliśmy na miejsce. Przywitał nas kierowca naczelnego i od razu zaprowadził do salonu, gdzie czekał szef.

– Wiecie, dlaczego was wezwałem? – zagadnął.

– Chciałbym wierzyć, że ze względu na rewelacyjne teksty moich alter ego, ale jakie są prawdziwe powody, pewnie zaraz się dowiemy – próbowałem dowcipkować.

– Mam poczucie humoru, tym razem jednak obędzie się bez żartów. Sprawa jest poważniejsza, Tomaszu.

– Szefie, mogę wyjaśnić, o co chodzi? – zagaił Bogdan.

Zdziwiłem się. Był wtajemniczony we wszystko i z niczym się po drodze nie zdradził? Ogarniała mnie panika.

– Słuchaj, czy masz jakąkolwiek informację, że Lisoń coś kombinuje?

– Kombinuje?! Nie bardzo rozumiem. Możesz konkretniej?

– Mamy uzasadnione podejrzenie, że ten twój Lisoń spotyka się z kimś, z kim nie powinien się spotykać. Na pewno nie powinien robić tego przewodniczący największej partii opozycyjnej w Polsce – Bogdan mówił wolno i wyraźnie.

– Nie wiem, co masz na myśli – powiedziałem zgodnie z prawdą. Poczułem się jak współoskarżony. Bo słowa, które usłyszałem, zabrzmiały jak zarzuty.

– Po pierwsze Lisoń nie jest mój – dodałem – zostałem przecież wpuszczony w ten kanał z polityką. Piszę jedynie teksty, a reszta to teatr. Czasem zabawny. Z kim on się niby spotyka? Przecież jako polityk, a zwłaszcza teraz, ma kontakt z mnóstwem różnych osób. Chyba nie chodzi o przedstawicieli obcej cywilizacji? – Nieudolnie usiłowałem rozładować gęstą atmosferę, tym bardziej że nie orientowałem się, co jest jej źródłem.

– Podejrzewamy grubą aferę, Tomaszu – oznajmił naczelny. – Postaraj się dowiedzieć więcej. Jeśli wpadnie ci w oko lub ucho nietypowa informacja o Lisoniu, natychmiast dzwoń do Bogdana, bez względu na porę. To jest coś śmierdzącego. Gdyby się potwierdziło, a my napiszemy o tym pierwsi, obiecuję ci posadę zastępcy naczelnego w którymś piśmie naszego koncernu. Dostałem już zgodę, a właściwie przyrzeczenie prezesa. Oczywiście potrzebujemy dowodów na te rewelacje.

– Na razie więcej nie możemy ci powiedzieć – dodał po chwili Bogdan. – Nie na tym etapie. Dostałeś sygnał, że jest coś, na co masz zwracać baczną uwagę. Chodzi o osobliwe zachowania, intrygujące wieści, nawet pojedyncze słowa Lisonia i jego najbliższych współpracowników.

– Dajecie mi niełatwe zadanie. Nie wiem, czego mam szukać. A jeśli odkryję, że jest kobietą, co wówczas? Czy taka ciekawostka też was zainteresuje?

– On akurat nie jest kobietą... – Stary w dalszym ciągu nie miał ochoty na żarty. I wszystko, o czym mówił, też nie było żartem.

Niczego ponadto się nie dowiedziałem. Poszedłem z Bogdanem na taras, żeby zapalić. Naczelny zostawił nam swój letniskowy dom do wyłącznej dyspozycji. Pożegnał się i kierowca odwiózł go do Warszawy. Tego wieczoru trochę się upodliliśmy.

Rano kierowca przyjechał specjalnie po nas. Mnie zawiózł do centrum, a Bogdana prosto do redakcji. Byłem niezbyt przytomny i jedyne, o czym marzyłem, to wygodne łóżko i butelka zimnej wody mineralnej.

Rozdział 5

W listopadzie, namaszczony przez krajowy zarząd partii, zostałem pełnomocnikiem okręgu trzydzieści pięć. Konusa, który kilka miesięcy wcześniej chciał mi wydrapać oczy, już w nim nie było. Obraził się na wszystkich, udzielił kilku żałosnych wywiadów w mediach regionalnych i zniknął z horyzontu. Lokalni działacze mówili, że zajął się tym, co robił wcześniej, czyli znów pracował w pizzerii wuja na stanowiskach księgowego i szefa zaopatrzenia.

W Olsztynie wynająłem mieszkanie, bo chcąc nie chcąc, musiałem bywać tam częściej niż przed wyborami. Partia opłacała czynsz. Jedyny koszt, jaki miałem, to dojazdy na trasie Olsztyn–Warszawa. Jednak finansował je koncern medialny, którego byłem pracownikiem. Nie miałem więc powodów do narzekania.

Dzięki Internetowi wyprowadzka na prowincję nie stanowiła żadnego utrudnienia dla zawodowych obowiązków. A miasto, w którym zamieszkałem, okazało się piękne i tętniące życiem kulturalnym. W Warszawie bywałem regularnie. Cały czas starałem się dowiedzieć czegoś więcej na temat Lisonia. Propozycja zostania zastępcą redaktora naczelnego kusiła jak diabli. Miałem więc motywację. Dziennikarskie śledztwo nie było łatwe, gdyż przewodniczący partii teraz rzadziej pojawiał się w terenie. W tej sytuacji pozostało mi tylko zacieśnienie relacji z jego najbliższymi współpracownikami. A to wiązało się niestety z koniecznością udziału w suto zakrapianych spotkaniach. Pozytywnym efektem był bezpośredni dostęp do mnóstwa pikantnych materiałów, z których Nicpońska efektywnie korzystała.

Wczesną wiosną kolejnego roku mojej politycznej aktywności dostałem zaproszenie od Marcina Pilaka, członka zarządu krajowego „Teraz Zmiana", na integracyjną bibę w knajpie „Zielona Żaba". Miała tam być cała wierchuszka partii. Właśnie na kilka dni wpadłem do Warszawy, więc postanowiłem skorzystać. Potrzebowałem konkretów do nowych tekstów.

Gdy punktualnie o siedemnastej pojawiłem się na miejscu, na ulicy w pobliżu wejścia do lokalu facet w gajerku puszczał pawia, starając się nieudolnie trafić do stojącego opodal pojemnika na śmieci. Chciałem go ominąć, ale w tym momencie skończył. Otarł twarz koszulą wystającą ze spodni i dumnie się wyprostował.

– Siema, Tomuś, impreza już się zaczęła, goście w komplecie. Dawaj! – To był poseł Sumka. Tu i ówdzie miał resztki treści żołądkowej.

– Niech się pan doprowadzi do porządku, ludzie patrzą – powiedziałem, bo przedstawiał sobą żałosny widok.

– A chuj tam ludzie, Tomuś, my tu rządzimy! I nikomu nic do tego – Sumka bełkotał.

Ominąłem go zgrabnie i wszedłem do lokalu. W całości wynajęty był przez partię. W środku znajdowali się posłowie i posłanki, działacze partyjni, członkowie młodzieżówki. Brakowało tylko Lisonia i Rolskiego. Podszedłem do Jordana Jaskulskiego, który zdążył awansować na szefa biura prasowego. Rozmawiał z jakąś młodą, cycastą działaczką.

— Cześć, Tomku! Poznajcie się z Weroniką...

Przedstawił mnie atrakcyjnej dziewczynie.

— Tomasz Dymarczyk, przewodniczący okręgu olsztyńskiego. — Podałem jej rękę.

— Wielce obiecujące nazwisko. — Zachichotała, chwilę dłużej przytrzymując moją dłoń.

— Siema, Dymarczyk, świetnie, że wpadłeś. — Dostałem nienachalny cios w plecy. To poseł Jakub Szymes.

— Chodź do nas, napijemy się.

Weronika w końcu puściła moją rękę. Żałowałem, że Szymes przerwał tak mile rozpoczętą znajomość. Jaskulski wydawał się jednak zadowolony.

Poszliśmy z Jakubem do stolika, przy którym siedzieli poseł Adam Pałkowski i brzydka jak noc, w dodatku głupia, posłanka Agata Karolkiewicz. Byli wstawieni, ale nie na tyle, by nie dało się pogadać. Chcąc nie chcąc, zacząłem z nimi pić i notować w głowie wszystko, co mówili, tworząc sobie wirtualny szkic nowego artykułu.

Po blisko dwóch godzinach uzyskałem wiedzę na temat tego, kogo ostatnio posuwał Szymes i że nie miał pewności, czy używana przez niego młoda kobieta była pełnoletnia. Z kolei Pałkowski chwalił się, ilu sponiewierał policjantów zatrzymujących go podczas kontroli drogowych. Wyraźnie miał uraz do mundurowych, ale jego niechlubna przeszłość to usprawiedliwiała. Dziś chronił go poselski immunitet, z którego nader chętnie korzystał.

– Jest coś, czego o mnie nie wiecie. Ty, Dymański, też nie wiesz... ale się zaraz dowiesz – zaczął obiecująco Adam. Wstał. Przez chwilę bałem się, że zrobi coś nieobliczalnego... Przekręcił moje nazwisko, ale mu wybaczyłem. Jakbym był w takim stanie jak on, pewnie też bym się pomylił.

– Szego o tobie nie wiemy, Adi? – wyspleniła Karolkiewicz do kolegi, który właśnie ściągał koszulę.

– A tego... – Poseł odsłonił plecy. Wytatuowana była na nich naturalnej wielkości twarz papieża.

– O kurwa, ale duży... – zachwycił się Szymes, zaciekły antyklerykał.

– Czy duży, to się okaże, gdy ściągnie spodnie – mówiąc to, Karolkiewicz zaczęła miarowo klaskać w dłonie, bo liczyła na dalszą, bardziej ekscytującą część pokazu.

– Imponujące, ale, panie pośle, niech pan się ubierze – poprosiłem. Dostrzegłem, jak z głębi sali ktoś robił zdjęcia. Nie chciałem, żeby trafiły do mediów, zanim Nicpońska opublikuje swój tekst.

– Idę do kibla – obwieściła posłanka i zataczając się, poszła schodkami piętro niżej, gdzie znajdowały się toalety.

W tym zaszczytnym towarzystwie siedziałem jeszcze ponad godzinę. Ich przydatność jako politycznych źródeł informacji okazała się jednak znikoma. Alkohol zrobił swoje. Chciałem przekierować dyskusję na temat przewodniczącego, ale bezskutecznie. Padało w wypowiedziach nazwisko Lisoń, ale niestety reszty słów zupełnie nie rozumiałem. Wszyscy byli zbyt pijani. Gdy szykowałem się do wyjścia, tłumacząc się chorobą nieistniejącej ciotki, przybiegł Jaskulski.

– Tomku, chodź, bo jest chryja.

– Co się dzieje? Już idę do domu.

– Karolkiewicz najebana leży na schodach, trzeba ją ewakuować, bo jeszcze ktoś cyknie fotę. No rusz dupę!

Nikt z nas nie zauważył, że posłanka od godziny nie wróciła z toalety. Poszedłem za nim. Na półpiętrze leżała nieprzytomna reprezentantka narodu. Spódnicę miała wysoko zadartą i w całej okazałości było widać to, co powinno być skryte. Na wysokości kostek poniewierały się zsunięte barchanowe majtki. Widok był ohydny. Mimo że nie wypiłem zbyt wiele, zrobiło mi się niedobrze. Nad pokonaną przez alkohol kobietą stał już jakiś młodziak ze smartfonem w ręku i rozbawiony robił fotki. Pogoniłem go i w czasie gdy Jordan poprawiał babie garderobę, ukradkiem sam uwieczniłem ją na zdjęciu.

– Pomóż mi! Co tak stoisz? – Jaskulski sapał nad posłanką. Zacząłem się śmiać, gdyż wyglądał jak dewiant dyszący nad zwłokami.

Chwyciłem „denatkę" za drugą rękę i zaczęliśmy przeciągać bezwładne ciało w kąt, aby nie tarasowało przejścia. Natrudziliśmy się przy tym, gdyż Karolkiewicz była słusznej tuszy. Przed zmorzoną kobietą postawiliśmy donicę z olbrzymim filodendronem i oddaliliśmy się, uznając, że babsko zostało skutecznie zamaskowane przed wścibskimi spojrzeniami.

Gdy umordowani wchodziliśmy na górę, Jaskulski zapytał: – Pojedziesz na spotkanie do Sheratona? Jest tam przewodniczący z kilkorgiem przyjaciół. – Wyraźnie chciał mi wynagrodzić udział w akcji z posłanką.

– Lisoń jest w Warszawie? To dlaczego nie ma go tutaj?

– Nie lubi się bratać z plebsem. –Wciąż mając przed oczami zalegającą za filodendronem Karolkiewicz, przyznałem mu rację.

Po pół godzinie znaleźliśmy się przy eleganckim stoliku, gdzie siedzieli szef partii i paru jego współpracowników. Byli tam Marcin Pilak, Karol Rolski, dziennikarz telewizyjny Piotr Durski i kilka osób, których nie znałem. Przywitaliśmy się i zajęliśmy przygotowane dla nas miejsca.

Praktycznie się nie odzywałem. Minimalne ilości wypitego wcześniej alkoholu dawno ze mnie wywietrzały. Jadłem serwowane mule i popijałem wyśmienite białe wino. Trzysta złotych za butelkę.

– A to, panowie, jest Tomasz Dymarczyk, szef okręgu olsztyńskiego. Jestem dumny, że pracują z nami tacy ludzie. – Lisoń w końcu się zdecydował mnie przedstawić. Skłoniłem się minimalnym ruchem głowy, z zadowoleniem przyjmując wyróżnienie.

Po chwili rozmowa znów potoczyła się dotychczasowym torem. Niestety nie dotyczyła szczególnie ważnych kwestii, goście przy stoliku gawędzili o bieżącej polityce, pojawiło się kilka niewybrednych żartów, ogólnie nuda. Dyskretnie operując dłonią w kieszeni, wyłączyłem dyktafon. Postanowiłem tkwić na spotkaniu do końca, choć miałem pewność, iż tego dnia nie dowiem się już niczego interesującego.

Jednak myliłem się. Wraz z kolejnymi butelkami wina lądującymi na stole atmosfera robiła się coraz luźniejsza, choć oczywiście była daleka od klimatu, jaki panował w „Zielonej Żabie".

– A ja ci mówię, wziął kasę dla siebie, bo potrzebowali jej na kampanię. Nikt tego nie rozliczył, przecież takich dealów się nie kwituje – dziennikarz oznajmił podniesionym głosem. Znów niezauważalnie uruchomiłem nagrywanie w Olympusie.

– No nie żartuj sobie, kto by ryzykował? – stwierdził Lisoń, na moje oko wcale niewstawiony, w przeciwieństwie do Durskiego.

– Wiem, co mówię. I gdybym mógł, trąbiłbym o tym głośno na prawo i lewo. Ten skurwiel ma krew na rękach! – Dziennikarz walnął pięścią w stół.

Udałem, że nie słucham. Chrupałem właśnie ciasteczko z czarnym, astrachańskim kawiorem.

– Dobrze, wierzę ci. Spokojnie, Piotrze. Może coś zrobimy, nagłośnimy to...

– Jeśli chcesz mieć pewność, podpytaj swoich... znajomych. Masz ich tam paru, nie? – dodał wzburzony Durski.

Reszta stolika przyciszyła lokalne pogawędki. Temat chyba był bardzo istotny. Zbyt istotny, abym miał pozostawać świadkiem rozmowy.

– Tomaszu, ogromna prośba. Odwieziesz naszego redaktora? Chyba ma już dość. – Lisoń ewidentnie chciał się mnie pozbyć.

– Oczywiście, ale nie mam auta.

Po alkoholu nie powinienem prowadzić, ale wspólna podróż z wstawionym dziennikarzem, który sporo wiedział, warta była ryzyka.

– Weź partyjną brykę, jutro odstawisz ją pod Sejm. Nie piłeś za dużo? – Rzucił mi kluczyki od auta jednego z posłów.

– Nie, tylko lampkę wina do kolacji – odpowiedziałem, a potem podszedłem do Durskiego i pomogłem mu wstać. Wpakowałem sztywnego redaktora do samochodu. Po kilku minutach trudnej argumentacji zdobyłem w końcu adres, pod jaki mieliśmy się udać. Ruszyliśmy.

– W porządku ten nasz Lisoń, prawda? – zapytałem. Chciałem wyciągnąć jak najwięcej informacji od kolegi po fachu.

– W porządku jak skurwysyn. Dokąd jedziemy?

Mój interlokutor powoli łapał kontakt z rzeczywistością.

– Do domu.

– To bardzo dobrze, bo małżonka się niepokoi – wychrypiał.

– Jak znam Lisonia, nagłośni tę śmierdzącą sprawę... – podpuściłem Durskiego.

– Niech rozpowie, niech się ludzie dowiedzą... Ja nie mogę.

– Dlaczego pan nie może?

– A ty wiesz, kim jest wydawca? Jest jak Bóg. On decyduje, co mogę powiedzieć, a czego nie... I ja cicho siedzę. Bo żonę mam, Liliana jej na imię. Piękna kobieta. Popatrz. – Durski wyciągnął z portfela zdjęcie żony i zasłonił mi widok na drogę.

– Piękna – potwierdziłem i odsunąłem jego natarczywą dłoń. Chciałem dojechać bez problemów. Miałem jeszcze tylko kilka minut, zanim dotrzemy na miejsce, a więc niewiele czasu.

– To do kogo trafiły te pieniądze? – zapytałem.

– No jak do kogo? Do Iwańskiego, tego kutaszona. Osiem milionów, kupa szmalu... – Mój pasażer chyba trochę trzeźwiał.

Zdębiałem. Stanisław Iwański był szefem jednej z parlamentarnych partii.

– A od kogo je dostał? – drążyłem temat.

– A ty co, chłopcze, w policji robisz?

Przestał się odzywać. Przysnął. Dojechaliśmy. Potrząsnąłem nim, wtedy spojrzał na mnie półprzytomnym wzrokiem.

– Jesteśmy na miejscu. – Wskazałem jego dom.

Wytoczył się z samochodu, pomachał mi na do widzenia i chwiejnym krokiem poszedł w kierunku bramy. Na szczęście w nią trafił.

Rozdział 6

W kwietniu odbyło się spotkanie zarządu partii i szefów okręgów z całej Polski oraz wybranych aktywistów. W trybie pilnym ustalono, że należy sformalizować struktury młodzieżówki „Teraz Zmiana". Na nudnym zebraniu w sali sejmowej im. Wincentego Witosa długo nie mogliśmy dojść do porozumienia. Padały różne nazwiska, posłowie i posłanki mieli oczywiście własne sugestie co do tego, kto powinien tej organizacji szefować. Lisoń nie lubił czczych gadek. Pozwalał jednak wypowiedzieć się każdemu, a w końcu i tak sam ustalał, kto, co i jak.

– Dziękuję za złożone propozycje. Ze swojej strony na szefa młodzieżówki, na razie w randze koordynatora, proponuję kolegę Mateusza Królika. Zapewniam was, to pierwsza liga! – Lisoń uśmiechnął się, kiwnął na jednego z młodych obecnych w sali, a ten wstał i się ukłonił.

Zdębiałem. Znałem tę mordę. Właśnie Królik stał pod drzwiami pokoju, w którym inny z działaczy uprawiał radosny seks z moją byłą. Czekał wtedy w kolejce. Trafił mnie szlag.

– Kto jest przeciw?

Jako jedyny podniosłem rękę. To był odruch bezwarunkowy.

– Kto się wstrzymał?

Nikt.

– Kto jest za?

Wszyscy zagłosowali za zaproponowaną kandydaturą. Oprócz mnie. Po błyskawicznym głosowaniu młodzieżówka miała swojego koordynatora. Wstałem i wyszedłem, wywołując u zebranych konsternację. Zszedłem na dół, do palarni. Było pusto. Usiadłem na drewnianym krześle blisko popielnicy i paliłem jednego za drugim. Gdy kończyłem czwartego, wszedł jakiś młodziak. Podniosłem wzrok. To był Królik.

– Nie, nie, kuźwa! Znowu ty? – zapytałem zdegustowany.

– Stary, chciałem cię przeprosić. Wcześniej nie było okazji. Naprawdę nie miałem pojęcia, że to twoja panna. Nawet nie wiedziałem, że ma faceta. Poczęstujesz mnie fajką?

Zrezygnowany dałem mu papierosa.

– Mateusz. – Podał mi rękę.

Po sekundzie uścisnąłem ją i dodałem:– Tomek.

Usiadł obok i wyraźnie chciał się zaprzyjaźnić.

– Janek powiedział, żebym cię poszukał i wyjaśnił, co jest nie tak. Jako jedyny zagłosowałeś przeciw mojej kandydaturze.

– Zgadnij, dlaczego.

– No wiem, głupio wyszło. Przepraszam.

– Zmieńmy temat i nigdy do tego nie wracajmy.

Młody odetchnął z ulgą.

– Zapraszam cię na piwko, poznasz kilku ludzi od nas. Spróbujmy być kumplami, gramy przecież w jednej drużynie. Początek znajomości nie był fortunny. Ale, jak to się mówi, pierwsze koty za płoty.

– Gdzie to piwo?

– W biurze krajowym. Za parę godzin będzie puste. Dobre miejsce na małą balangę. Zaczynamy od dwudziestej. Przyjdziesz?

– Jasne, do zobaczenia. Dzięki za zaproszenie.

I tak znalazłem się na młodzieżowej imprezie, na której bawiło się około dwunastu osób. W tym kilka fajnych dziewczyn. O dziwo, większość wieczoru przegadałem z Mateuszem. Był w porządku. Młody, pełen zapału, dojrzalszy niż reszta rówieśników. Prawdopodobnie daleko zajdzie w polityce. Nie czułem już do niego żalu o sytuację z moją ekskobietą. Tak naprawdę nie ponosił przecież winy. Zbliżenie do Królika miało też inną, bardzo pożądaną dla mnie wartość. Mógł stanowić nieocenione źródło informacji, jako że był typem gaduły i plotkarza. Gdy impreza zmierzała ku końcowi, posiadałem co najmniej dwa szkice nowych artykułów i kilka ploteczek dla zaprzyjaźnionych dziennikarzy.

– Towarzystwo, zbieramy się. Ogarnijcie biuro. – Mateusz miał w sobie duszę lidera. Grupa nie zadawała zbędnych pytań. Wzięła się za sprzątanie. W reklamówkach wylądowały puste butelki, a dziewczyny (w tym dwie feministki) pozmywały naczynia. Mateusz przeszedł się po pokojach. Otworzył drzwi do łazienki, by się upewnić, że nikt tam nie zaległ.

– Gdzie nocujecie? – zapytałem młodego.

– Mamy zarezerwowane miejsca w hotelu sejmowym. Chcesz się kimnąć u nas?

– Chodź z nami, noc się jeszcze nie skończyła, zapowiada się fajnie – odezwała się drobna, seksowna blondynka, która przysłuchiwała się rozmowie. Mateusz mrugnął do mnie znacząco. Zastanowiłem się – byłem wolny, nie miałem wiele do stracenia, a rzeczywiście mogło być sympatycznie.

– W porządku, przekonaliście mnie.

Blondynka wylądowała w końcu w moim łóżku, a ja nie zmrużyłem oka przez pół nocy. Rano obudziłem się z zaburzeniem orientacji. Nie miałem pojęcia, gdzie jestem. Chociaż niezmordowaną dziewczynę kojarzyłem. Smacznie spała. Poruszyłem się, chcąc niepostrzeżenie wymknąć się z łóżka, a wtedy przeciągnęła się jak kotka.

– Zrobić ci laskę? – zapytała półświadomie. Była młoda i ładna. Czy mogłem odmówić? Gdy skończyła, poleciała do łazienki, a do mnie dotarło wreszcie, gdzie się znajduję.

Zadzwonił telefon. Boguś.

– Przyjedź jak najszybciej do redakcji. Możesz?

– Będę za pół godziny.

Wziąłem prysznic, a potem błyskawicznie pożegnałem się z koleżanką, której imienia nie kojarzyłem.

– Zadzwonisz? Może jeszcze się spotkamy? – zapytała z nadzieją. Uszczypnęła mnie w sutek i dała buziaka w policzek.

– Oczywiście. Było super.

Pięć po dziesiątej dotarłem na miejsce. Zastałem tylko Bogusia i naczelnego. Na szczęście nikomu postronnemu nie musiałem się tłumaczyć z obecności w redakcji. Oficjalnie przecież już tu nie pracowałem.

Czekała mnie krótka i bardzo konkretna rozmowa.

— Dowiedziałeś się czegoś ciekawego? — Stary przeszedł do meritum, nie proponując nawet kawy. A tak bardzo jej potrzebowałem!

— Tylko o jakiejś kasie, którą miał wziąć Iwański. Ale nie wiem, za co. Chodzi o osiem milionów. Podobno przeznaczył je na kampanię, przynajmniej część — mówiłem jak na spowiedzi.

— To wiemy od dawna. Iwański nas nie interesuje. — Naczelny był skupiony, intensywnie o czymś myślał. — Co jeszcze?

— Chyba niedługo Lisoń publicznie powie o tym, że Iwański ma krew na rękach. Prawdopodobnie zrobi konferencję, ale szczegółów nie znam — kontynuowałem, nie wiedząc, czego stary chce ode mnie.

— Debil, popsuje sobie relacje, a niczego nie zyska. Ta sprawa jest nie do ruszenia — wtrącił Boguś.

— Tomaszu, pilnie potrzebujemy konkretów. Z kim się Lisoń spotyka? Nie mówię o innych politykach czy dziennikarzach.

Czułem się jak na przesłuchaniu.

— Coś dziwnego kilka dni temu na spotkaniu w Sheratonie mówił redaktor Durski. Żeby Lisoń temat pieniędzy, jakie dostał Iwański, potwierdził u swoich ludzi. Tak chyba to ujął.

– Za wszelką cenę musisz ustalić, kim są ci ludzie. Masz dwa, trzy tygodnie. – Nie podobał mi się ton, jakim to powiedział.

– A jeśli mi się nie uda?

Mimo dostępu do kilku wiarygodnych źródeł zadanie mogło być niewykonalne. Obawiałem się, że stary żąda rzeczy niemożliwych.

– Lisoń był niedawno u mnie na kolacji. Strasznie wypytywał o Nicpońską. Nienawidzi kurwy. Cytuję jego słowa: „Gdy się dowiem, kim jest ta suka, zajebię ją". Postaraj się więc.

Spojrzałem na Bogdana. Spuścił wzrok. Nie chciał mieć z tym szantażem nic wspólnego.

Pierwszy raz poczułem się zagrożony. Nie rozumiałem, dlaczego informacje, które miałem zdobyć, są dla szefa aż tak istotne i byłem przerażony, że groził ujawnieniem prawdziwych personaliów Nicpońskiej. Ale mógł to być tylko blef dopingujący mnie do działania. Postanowiłem podpytać Bogdana, oczekiwałem wyczerpujących wyjaśnień. Sytuacja stawała się nie do zniesienia. Gdy wychodziliśmy z redakcji, zaproponowałem prywatne spotkanie.

– Ale tym razem ja przyjadę do ciebie – powiedział. – Wreszcie dogadałem się jakoś z Kasią, jest w domu. Nie będziemy więc mogli swobodnie porozmawiać. Wpadnę około dziewiętnastej. Pasuje?

– Bądź o dwudziestej. Muszę pojechać do matki. Ojciec znów zaczął chlać. Rzadko teraz u nich bywam, ale dzisiaj naprawdę muszę. – Pokiwał głową.

O czternastej byłem u siebie w mieszkaniu. Zjadłem zamówioną pizzę z podwójnym serem i zadzwoniłem do mamy. Rodzice mieli dom pod Warszawą. Ostatni raz widziałem się z nimi prawie rok temu. Męczyły mnie wyrzuty sumienia. Młodszy brat mieszkał na stałe w Niemczech, ja znacznie bliżej, a w rodzinnym domu pojawiałem się o wiele rzadziej. Nie ciągnęło mnie tam, pewnie z powodu alkoholizmu ojca, chociaż w ciągu ostatnich dwóch lat tato w ogóle nie pił. Miałem nadzieję, że wyszedł z tego gówna. Jednak nie. Szloch matki, gdy o tym mówiła, był jednoznaczny. Zmora wróciła.

Pojechałem do nich. Zaniepokojony ciszą wszedłem do kuchni. Mama siedziała sama za stołem. Płakała.

– Jesteś! Tak dawno cię nie widziałam. – Otarła łzy, podeszła i przytuliła mnie.

– Nie gniewaj się, mam teraz bardzo dużo pracy. Powiedz, co się dzieje. Jest aż tak źle?

– Znów pije. Naprawdę już nie wiem, co mam robić. – Rozpłakała się na dobre.

– Może ponownie powinien trafić do ośrodka? Przynajmniej przez jakiś czas byłoby lepiej.

– Naleję ci zupy, ugotowałam pyszny krupnik. Zjedz chociaż trochę. Potem porozmawiamy. Nawet nie wiesz, jak bardzo się cieszę z twojego przyjazdu. Stęskniłam się – mówiąc to, uśmiechnęła się do mnie.

Zjadłem krupnik, którego nie znosiłem. Nie chciałem jej robić przykrości. Czułem się jak wyrodny syn i chyba po trosze taki byłem. Nie miałem nic na swoje usprawiedliwienie. Musiałem jakoś pomóc mamie, ale doświadczenie mi mówiło, że walka z alkoholizmem ojca to walka z wiatrakami. Wtedy gdy nie pił, był najwspanialszym tatą i mężem. Pewnie dlatego całe życie o niego walczyła. Rozmawialiśmy przez dobre dwie godziny. Ustaliliśmy, że któregoś poranka spróbuję z nim porozmawiać, gdy będzie trzeźwy. Nakłonię do wizyty w ośrodku odwykowym. Na szczęście ojciec nigdy matki nie bił. Urządzał tylko karczemne awantury o byle co. Ale i tego nie była już w stanie dłużej wytrzymać. Zbierałem się do wyjścia. Dochodziła dziewiętnasta, niedługo miał przyjść do mnie Boguś.

– Chyba powinieneś się krótko ostrzyc. Masz już głębokie zakola, zupełnie jak twój dziadek. – Mama przejechała dłonią po mojej przerzedzonej czuprynie.

– Teraz to modne i wyglądałbyś młodziej – dodała. – I gól się, synku, z zarostem ci nieładnie.

Zaśmiałem się. Gdzieś to już słyszałem. Staliśmy w korytarzu, gdy w drzwiach zachrobotał klucz. Otworzyły się i do mieszkania, zataczając się, wszedł ojciec. Mama skuliła się w sobie.

– O, proszę. Syn marnotrawny nas zaszczycił. Ładnie

90

to tak, starych rodziców nie odwiedzać? – Był bardzo pijany. Z trudem ściągnął buty i włożył kapcie.

– Cześć, tato.

– Idę się chwilę zdrzemnąć. Potem pogadamy, synu. – Minął nas i sztywnym krokiem poszedł do swojego pokoju.

– Jedź już, pewnie się spieszysz. Pójdzie spać i będzie spokój. Za dużo wypił, żeby się kłócić. Ale powiedz jeszcze, jak tam w redakcji? Dawno nie czytałam twoich artykułów.

– Ponieważ piszę teraz pod pseudonimem. Długo by opowiadać. – Niczego więcej nie chciałem i nie mogłem powiedzieć.

– I w politykę się bawisz. Uważaj, bo to brudne, synku. Co ja ci będę głowę suszyć. Dorosły jesteś, wiesz, co robisz. Leć już, przecież widzę, że spoglądasz na zegarek.

Ucałowałem ją na do widzenia i mocno przytuliłem.

Do domu dotarłem za pięć ósma. Bogdan był punktualny. Od razu zaniepokoiła mnie jego mina. Nie widziałem go nigdy takim. Zrobiłem dwie kawy. Przyglądał mi się w milczeniu.

– Nie wyglądasz za dobrze – zaczął z troską w głosie.

– A dziwisz mi się? Po porannej rozmowie z naczelnym jak mam się czuć? No i byłem u matki. Też nie za ciekawie...

– Współczuję ci. Odnośnie dzisiejszego spotkania ze starym za wiele nie wiem, tylko trochę więcej od ciebie, ale ci powiem, o co chodzi. Pod jednym warunkiem:

umawiamy się, że nigdy na ten temat nie rozmawialiśmy. Jasne?

– OK. Mów, coraz bardziej mi się to wszystko nie podoba.

– Lisoń jest w coś umoczony i z jakiegoś powodu współpracuje ze służbami – stwierdził Boguś.

– Dlaczego? Jest szefem największej partii opozycyjnej w Sejmie. Ma kasę, władzę, po co mu takie gówno?! – zapytałem zdumiony.

– Tego właśnie nie wiemy. Stary cię trochę przycisnął, bo uważa, że skoro jesteś blisko Lisonia, możesz nie chcieć mu szkodzić. Tylko dlatego cię postraszył. Nie martw się, on nigdy nikogo z naszych informatorów czy ludzi, którzy pracują pod pseudonimem, nie wydał i nie wyda.

Bogdan przerwał i zapalił papierosa.

– No co ty?! W dupie mam cały ten teatr z Lisoniem. Po kiego wała miałbym mu sprzyjać? Robię to, co zostało ustalone. Toczka w toczkę. – Było mi przykro, że naczelny nie miał do mnie zaufania.

– Spróbuj się czegoś dowiedzieć. Jeśli nie uda ci się, wtedy po prostu potwierdź to, co stary już i tak wie, podrzuć mu informacje, które masz ode mnie. Stawałem w twojej obronie, ale wiesz, jaki jest. Gdy sobie coś wbije do głowy…

Boguś naprawdę był mi życzliwy. Dopił kawę, spaliliśmy w milczeniu po jeszcze jednej fajce i pożegnaliśmy się. Po jego wyjściu zacząłem oglądać telewizję.

Laickie państwo, wyprowadzenie religii ze szkół, prawa kobiet — Lisoń wyrzucał z siebie słowa z prędkością karabinu maszynowego w jakimś programie publicystycznym. Jego oponenci powoływali się na polską, chrześcijańską tradycję i próbowali lidera „Teraz Zmiana" zdyskredytować. Prowadzący program im wtórował. Wyłączyłem telewizor. Noc okazała się krótka. Budzik nastawiony na siódmą trzydzieści był bezlitosny. Musiałem jechać do Olsztyna. Nasze lokalne struktury zaplanowały happening wymierzony w jednego z katolickich księży. Prowadził po pijanemu i skasował przystanek autobusowy. Na szczęście nic się nikomu nie stało. Katabas wyszedł z wypadku obronną ręką i uniknął odpowiedzialności. Zdaniem przewodniczącego nadarzyła się okazja, by zaistnieć w mediach. Godzinę później ruszyłem w drogę.

Nie podobał mi się pomysł happeningu, ale działacze byli zachwyceni. Przed plebanią stał już tłumek naszych ludzi. Mieli puste butelki po wódce, kilka dużych krzyży owiniętych czarnymi szarfami i transparenty z nośnymi hasłami: „Piłeś, nie jedź!", „Zamiast kościoła zbuduj przystanek" i tym podobne. Przywitałem się i od razu przyłączyłem się do protestu.

— Mają być stacje ogólnopolskie TV24, SatPol, Seek-FM i kilku lokalnych dziennikarzy. Ale za chwilę zrobi się zadyma! A księżulo podgląda zza firanki — Arek, asystent posła Rosłonia, mówił podniecony.

– Rozjebiemy w końcu ten klechistan albo oni zjedzą nas żywcem – powiedział brodaty grubas. Nie kojarzyłem go z nazwiska, w naszym okręgu mieliśmy kilku krwawych antyklerykałów, którzy wzbudzali moje zaniepokojenie.

Gdy pojawili się dziennikarze, instalacja z butelek i krzyży pod płotem księdza była imponująca. U naszych stóp płonęły cmentarne znicze prawie jak na Halloween.

– Kto będzie mówił? – reporterka z TV24 przygotowywała się do realizacji programu. Niestety to mnie przypadła wątpliwa przyjemność wytłumaczenia powodów, dla których pojawiliśmy się pod plebanią. Miał nam towarzyszyć poseł Rosłoń, ale akurat był na ważnym spotkaniu z aktywistami stowarzyszenia walczącego o prawa mniejszości. Żałowałem, iż nie byłem członkiem tego ugrupowania, miałbym dziś wolne.

Wygłosiłem kilkadziesiąt zgrabnych zdań o równości obywateli względem prawa. O ogromnym szczęściu, że nikt nie został poszkodowany w wypadku spowodowanym przez pijanego księdza. Tak się nakręciłem, że wziąłem do ręki stojący obok krzyż i przed kamerami wykrzyczałem: „Jeśli teraz sprawca pozostanie bezkarny, wtedy dalej będzie jeździł po pijaku i następnym razem zabije jakichś ludzi. Obciąży to sumienia tych, którzy dziś pozwalają mu uniknąć odpowiedzialności, a nam pozostanie tylko pójść w kondukcie pogrzebowym". Odstawiłem krzyż, opierając go o płot tuż obok ogromnego palącego się znicza. Zbyt blisko, jak się okazało, bo gdy kończyłem odpowiadać na pytania dziennikarzy, zajęła się ogniem wstęga, którą był owinięty. Krzyż musiał być świeżo malowany łatwopalnym lakierem, bo zapłonął jak pochodnia. Na szczęście działacze dość sprawnie pożar ugasili. Po happeningu nasi ludzie pogratulowali mi ognistego wystąpienia i płomiennej mowy. Pożegnaliśmy się. Pojechałem do wynajętego mieszkania. W Olsztynie miałem zostać jeszcze dwa dni.

Zamówiłem kebab i czekając na żarcie, włączyłem laptopa. Zacząłem szukać informacji o dzisiejszej akcji. Zanim przejrzałem wyniki wyplute przez wyszukiwarkę Google, dostałem SMS od Bogusia: „Ale pojechałeś! Jesteś moim guru! He, he!". Przeniosłem wzrok na monitor komputera. Kliknąłem news opatrzony zdjęciem płonącego krzyża i moją mordą wykrzywioną w demonicznym grymasie. Pierwsze, co mnie uderzyło, to ogromny nagłówek: „»Teraz Zmiana« pali krzyże". Oblał mnie zimny pot. Tytuły kolejnych wiadomości niewiele się od siebie różniły. „Partia Lisonia pali krzyże pod kościołami", „Sataniści od Lisonia". Obejrzałem materiał wideo, który opublikowała stacja TV24. Komentarz telewizyjny był podobny w retoryce do artykułów na portalach. Okraszony dwudziestosekundowym ujęciem mojej postaci z płonącym krzyżem w tle. Do mediów nie przedostał się nawet fragment mojej wypowiedzi, słychać było jedynie wrzaski wydawane przez zgromadzonych w trakcie akcji gaszenia pożaru. Miałem serdecznie dość. Wyłączyłem komputer. Na wszelki wypadek również telefon. A potem poszedłem do kuchni zrobić sobie kolację.

* * *

W gabinecie premiera zebrało się bardzo wąskie grono gości. Przybyło kilku doradców, jak również szef Gabinetu Politycznego, minister gospodarki i Lisoń. Przewodniczący największej opozycyjnej partii lubił być hołubiony. Tego rodzaju nieoficjalne spotkanie stanowiło dla niego duże wyróżnienie. Czuł się częścią machiny, która decyduje o losach kraju. W przyszłości pragnął zająć stanowisko premiera – aspiracje miał adekwatne do osiągniętego w tak krótkim czasie sukcesu. Po kurtuazyjnym powitaniu i kilku zdawkowych zdaniach wstępu Prezes Rady Ministrów przeszedł do meritum: – Poprosiliśmy pana, panie przewodniczący, ze względu na wagę problemu. Za kilka dni zamierzamy przegłosować ustawę podnoszącą podatki. To niestety konieczne z różnorodnych przyczyn, których szerzej chyba nie muszę przedstawiać.

– Grozi nam brak płynności finansowej. Sytuacja demograficzna i rosnące potrzeby państwa wymuszają na nas taki krok – dodał minister gospodarki.

– Gdyby rząd zechciał przyjrzeć się proponowanym przez moją partię rozwiązaniom... – Lisoń chciał coś ugrać.

– Panie przewodniczący, z wielu powodów nie wchodzi to w grę. Musielibyśmy uderzyć w rolników, w Kościół… co wywołałoby katastrofalne następstwa dla rządu. Nie wolno nam pójść tą drogą. Nie teraz. Może po kolejnych wygranych wyborach będziemy mogli rozważyć kilka waszych propozycji.

– Panie premierze, czego oczekuje pan od mojej partii?

– Lider „Teraz Zmiana" przeszedł do konkretów.

– Poparcia ustawy przez pana partię.

– To niemożliwe, jest sprzeczna z naszym programem. Dwa dni temu wydaliśmy oficjalny komunikat w sprawie projektu owej ustawy i wysłaliśmy do wszystkich szefów okręgów w całej Polsce. Wskazaliśmy alternatywne rozwiązanie, jakim jest choćby opodatkowanie Kościoła, podobnie jak podmiotów gospodarczych – Jan Lisoń jednoznacznie dał do zrozumienia, że nie zgadza się na współpracę. Wiedział, że nie może zaakceptować czegoś, co wywoła konsternację wśród działaczy oraz w obrębie własnego klubu parlamentarnego.

– Proszę jednak to przemyśleć. W zamian jesteśmy w stanie zagwarantować, iż kilka projektów „Teraz Zmiana" zyska nasze uznanie i za jakiś czas pomożemy je wprowadzić w życie. Z Kościołem nie walczcie, bo przegracie. To moja dobra rada. – Premier zacisnął zęby i zaczął bawić się długopisem.

– Bardzo mi przykro, panie premierze, ale muszę odmówić. Nie możemy utracić z trudem budowanego wizerunku, choć naprawdę rozumiem powagę sytuacji.

Nieprzegłosowanie tej ustawy mogło doprowadzić do przedterminowych wyborów. Lisoń doskonale zdawał sobie z tego sprawę. Budżet państwa był nadwyrężony i brak zmian w polityce fiskalnej państwa zostałby bardzo źle odebrany przez rynki finansowe. Jan miał świadomość, że spoczywa na nim odpowiedzialność za kraj, ale nie chciał podjąć decyzji, która skutkowałaby spadkiem poparcia wśród własnego elektoratu.

Po trzydziestu minutach spotkanie dobiegło końca. Przewodniczący „Teraz Zmiana" wychodząc z niego, czuł się jak zwycięzca. Bez głosów jego partii ustawa nie miała szans przejść w Sejmie, co z pewnością zaowocuje negatywnymi konsekwencjami nie tylko dla państwa, ale przede wszystkim dla partii rządzącej. Gdy zamknął za sobą drzwi gabinetu, premier szepnął coś na ucho jednemu z doradców. Ten kiwnął głową i poszedł za Lisoniem.

– Panie przewodniczący, sekunda. – Dogonił na korytarzu lidera „Teraz Zmiana".

– O co chodzi?

Doradca wyciągnął notes, napisał na nim kilka słów i pokazał Lisoniowi. Ten przeczytał uważnie notatkę i zbladł. Rzucił krótkie „do widzenia", odwrócił się i szybszym krokiem udał się w kierunku wyjścia.

Wsiadł do samochodu, w którym czekał na niego kierowca.

– Do domu czy do biura?

– Zawieź mnie na ulicę Banacha. A potem masz wolne.

– Na Banacha?

– Mówię nie po polsku, kurwa?!

– OK, szefie. Już ruszam.

Samochód błyskawicznie dojechał na miejsce, Lisoń wysiadł, przez chwilę stał na chodniku i rozglądał się. Nie dłużej niż minutę. Gdy tylko kierowca zniknął z pola widzenia, podjechała limuzyna z przyciemnionymi szybami, cicho i dyplomatycznie. Otworzyły się drzwi i przewodniczący wsiadł do środka.

– Musisz tę ustawę poprzeć – z przedniego siedzenia odezwał się nieznany mu głos.

– Zadanie jest niewykonalne, posypie mi się partia. Jak mam wytłumaczyć własnym posłom, że powinni zagłosować za ustawą niezgodną z naszym programem? Nie jesteśmy koalicjantem, tylko opozycją!

– Nie masz wyboru. To jest polityka, a nie twoje zabawy w dymanie fiskusa, lewe, zagraniczne transfery czy lokaty w inwestycje, które budzą zainteresowanie stosownych służb. Rozumiemy się, ćwoku? – Człowiek na przednim siedzeniu wiedział wszystko o brudnych sprawach Lisonia.

– To, kurwa, dajcie szansę, żebym był w stanie spełnić wasze oczekiwania, a przy tym nie rozpieprzył partii. – Lidera „Teraz Zmiana" ponosiły emocje, bo znalazł się w patowym położeniu.

– Pomyślimy. Czasu jest niestety mało. Zobaczymy, co da się zrobić. Niedługo dostaniesz dyspozycje, a teraz spierdalaj.

Facet na przednim siedzeniu polecił szoferowi zatrzymać samochód. Lisoń wysiadł. Zorientował się, iż jest w okolicach Cmentarza Żydowskiego. Było już ciemno. Zadzwonił po taksówkę.

* * *

Kolejne dni w mediach zdominowały informacje o nowej, proponowanej przez rząd ustawie, która miała poprawić sytuację budżetową. Wypowiadali się ekonomiści wspierający inicjatywę premiera, wskazując, że finanse publiczne należy jak najszybciej uporządkować, w przeciwnym razie nieuchronnie nadejdzie katastrofa. Partia koalicyjna przedstawiała argumenty zgodne z linią partii rządzącej, co nikogo nie zdziwiło. Jednak nie brakowało również krytyki. O zamachu na pieniądze podatników najgłośniej krzyczały mniejsze ugrupowania opozycyjne. Zdumiewającą powściągliwość wykazywała największa opozycyjna frakcja, partia Lisonia – jej posłowie mówili, iż są na etapie analizy projektu rządu.

W piątkowe przedpołudnie Jaskulski i Pilak zostali wezwani do szefa.

– Siadajcie, mam informację o wycofaniu się rządu z propozycji podniesienia podatków. Musimy podjąć mądre, zgodne z oczekiwaniami naszego elektoratu decyzje, biorąc współodpowiedzialność za państwo.

– Skąd o tym wiesz, Janku? – Jaskulski wydawał się zaskoczony.

100

– Bo to ja jestem szefem partii, a nie ty. Mam też wiedzę, że proponowana ustawa zostanie zastąpiona inną – podnoszącą wiek emerytalny. Rząd w ten sposób da pozytywny sygnał rynkom finansowym. Plan moim zdaniem jest genialny. Jako świadoma, nowoczesna partia nie mamy wyboru, powinniśmy to poprzeć.

– Kto będzie chciał pracować do późnej starości, szefie? My, opozycja, mamy poprzeć taką ustawę partii rządzącej?! Elektorat nas zajebie! – odezwał się milczący dotąd Pilak.

– Nie, jeśli jasno i mądrze to wytłumaczymy. Myśl pragmatycznie. Finanse publiczne są w opłakanym stanie. Gdybyśmy teraz nie poparli rządu, mogłoby dojść do krachu. Nawet nie chcę myśleć o konsekwencjach. Ludzie muszą być tego świadomi. W perspektywie czasu elektorat nie głosuje na oszołomów, ale na kandydatów, którzy gwarantują stabilność. Partia „Teraz Zmiana" powinna się wyborcom kojarzyć z takimi pojęciami, jak odpowiedzialność, przewidywalność, mądrość i spokój. Przygotujcie dziś na godzinę trzynastą konferencję w Sejmie. Tekst mojego oświadczenia jest gotowy, na jedenastą zbierzcie klub. Muszę to wytłumaczyć naszym posłom. Liczę, że mi pomożecie. – Lisoń poluzował krawat i otarł pot z czoła.

Po godzinnej rozmowie przyznali rację liderowi. Jego argumenty do nich trafiały. Były racjonalne. Lisoniowi udało się też przekonać członków klubu poselskiego do podjęcia kontrowersyjnej decyzji. Tłumaczył im długo i cierpliwie. Z argumentacją nie zgodził się tylko Rosłoń. Jako jedyny miał odwagę się sprzeciwić. Innym albo zabrakło charakteru, albo mieli bezgraniczne zaufanie do przewodniczącego.

Konferencja odbyła się o planowanej porze. Tego popołudnia przekazy medialne zdominowało poparcie dla ustawy rządowej wyrażone przez ugrupowanie „Teraz Zmiana". Jednocześnie wywołało ono szeroki sprzeciw wśród działaczy w całej Polsce. Kilkunastu oburzonych w demonstracyjny sposób wystąpiło z partii. Opór był tak duży, że parę dni później Lisoń nakazał zorganizowanie ogólnopolskiego zjazdu. Musiał ratować sytuację i jak najszybciej uspokoić ludzi.

Wieczorem przeczytał anonimowy SMS: „Gratulacje, Janek! Dobra robota!". Domyślał się, kim jest nadawca, dlatego zaklął i wyłączył smartfona.

* * *

– Jesteś w Warszawie? – dzwonił koordynator młodzieżówki.

– Tak, do końca tygodnia. Co tam?

Wyjątkowo, mimo że był piątek i dochodziła dziesiąta, leżałem w łóżku.

– Muszę z tobą pogadać. To bardzo pilne! – Mateusz Królik był jak naspeedowany.

– Wiesz, gdzie mieszkam? – gdy usłyszałem odpowiedź twierdzącą, zaprosiłem go do siebie.

Zanim skończyłem brać prysznic, zadzwonił domofon. Powlokłem się mokry do przedpokoju i nacisnąłem przycisk. Pospiesznie się ubrałem. Jeszcze tylko szybkie spojrzenie w lustro i byłem gotowy.

– Jak ci powiem numer, to jebniesz – młody zaczął już od progu. Rzeczywiście musiało to być coś rewelacyjnego, skoro zawracał mi głowę z samego rana.

– Komu jebnę? Jestem pacyfistą. – Nie bardzo wiedziałem, czego sprawa dotyczy, ale nos podpowiedział mi, że zaraz dostanę porcję świeżych newsów do „Opinii". Każda nowa wiadomość była teraz na wagę złota.

– Słuchaj, Kuba leży w szpitalu, wczoraj potrącił go samochód. Dziwne, bo akurat on posiadał kupę informacji na temat posła Rolskiego. Mocnych rzeczy, które niejeden dziennikarz wziąłby z pocałowaniem w dupę i jeszcze laskę zrobił. – Zastanawiałem się, dlaczego Mateusz akurat mnie o tym mówi, ale w sumie nie miało to znaczenia.

– Jaki Kuba? I jakich informacji? Może zrobię kawę?

Kiwnął głową na tak, a ja poczęstowałem go papierosem. Przenieśliśmy się do kuchni. Włączyłem ekspres i słuchałem dalej.

– Kuba to jeden z asystentów Szymesa – posła, który ostatnio skonfliktował się z Rolskim. Nie mam pojęcia, jak wszedł w posiadanie tego całego szajsu, ale Szymes go podpuścił, żeby zaszantażował Rolskiego.

– A co miał na niego?

– Nie wiem dokładnie. Chodzi o jakieś dotacje, chyba unijne. Rolski się wściekł, że taki szczyl mu pocisnął i dlatego koleś wylądował dziś w szpitalu. – Królik miał wypieki na twarzy.

– To chyba przypadek. Nawet jeśli się pokłócili, to jeszcze nie znaczy, że Rolski próbował go uszkodzić. Niepotrzebnie robisz aferę. – Starałem się zbagatelizować sprawę.

– Żeby na przejściu dla pieszych potrącić faceta – mogę uwierzyć w zbieg okoliczności. Fakt, Kuba był tylko trochę poturbowany. Jednak tego samego dnia na jego własnym osiedlu dopadło go kilku karków i obiło bejsbolami. No i po tym właśnie trafił do szpitala. Leży na intensywnej terapii. Brzmiało poważnie. Delikatnie próbowałem jeszcze wysondować młodego, czy aby może wie coś więcej. Niestety musiałem zasięgnąć języka gdzie indziej.

– Nie podoba mi się ta sprawa – podsumowałem.

– Ani mnie. Dlatego przyszedłem do ciebie, z nikim innym nie chcę o tym mówić. Szczerze ci powiem – trochę się boję. Ale to nie koniec...

– ?! – zaintrygowany czekałem na kolejne wieści.

– Matka Kuby jest załamana, bo będzie musiała zapłacić za hospitalizację.

– Ale dlaczego? Mówiłeś, że chłopak jest asystentem, czyli pracuje w partii na etacie.

– Niby tak, ale ubezpieczenia nie ma. – Mateusz był poruszony.

— Trzeba to wyjaśnić, pewnie jakieś niedopatrzenie. Obiecuję, jeszcze dziś porozmawiam z Lisoniem.

— Tylko błagam, nie zdradź mnie. Nic ode mnie nie wiesz. Nie chcę kłopotów.

Zrobiło mi się szkoda młodego. Coś w tym wszystkim nie grało. Dopiliśmy kawę, byłem zadowolony, że Królik mi zaufał. Dzięki niemu mogłem mieć dostęp do świeżutkich plotek. Na koniec zapytał, czy mogę mu pożyczyć trochę pieniędzy, bo drugi miesiąc czeka na wypłatę zaległej pensji. Wyciągnąłem z portfela dwie setki.

— Jeśli będziesz w potrzebie, to wal do mnie jak w dym. Jesteś w porządku! — Poklepałem Mateusza po ramieniu. Na swój sposób zaczynałem go lubić. Zwłaszcza że na dobre wybaczyłem mu już historię z moją byłą dziewczyną. Przypominał mi mnie samego sprzed dziesięciu lat.

Po południu, zgodnie z grafikiem, miałem ustalone spotkanie z Bogdanem. Pojechałem do niego do domu. Przyjaciel przekazał mi dobrą wiadomość — szef mi odpuścił. O pracę mam się nie martwić, o ujawnienie prawdziwych personaliów Nicpońskiej też. Bogdan bez konsultacji ze mną powiedział naczelnemu, że wiem jedynie o prawdopodobnych spotkaniach Lisonia z kimś ze służb. Stary zapewne miał alternatywne źródło informacji, bo tyle mu wystarczyło.

Tym razem Kasia była w domu. Bogdan na nowo układał swoje relacje z żoną. Załapałem się więc na domowy obiad. Siedzieliśmy razem przy stole, żartowaliśmy. Wtedy nagle zdałem sobie sprawę, że bardzo brakuje mi takiej rodzinnej, ciepłej atmosfery.

Gdy wracałem do domu, a właściwie do swojego mieszkania, bo trudno domem nazywać lokum, do którego tylko się wraca, przypomniałem sobie poranną rozmowę z Mateuszem z młodzieżówki. Zadzwoniłem na prywatny numer Jana Lisonia. Robiłem to rzadko, wyłącznie w bardzo ważnych sprawach. Pewnie dlatego zawsze odbierał. Był w biurze partii i obiecał znaleźć dla mnie kilkanaście cennych minut. Od razu więc pojechałem na spotkanie.

– Jeden z naszych chłopaków miał wypadek i leży w szpitalu – zacząłem bez wstępu. Chciałem wiedzieć, co jest grane, ale i pomóc dzieciakowi, którego osobiście nawet nie znałem.

– Tak, wiem. Samochód go potrącił czy ktoś go pobił... Nie znam szczegółów. Tylko po to przyjechałeś? Tomku, bardzo mu współczuję, ale nie jestem matką Teresą. Nie mogę być wszędzie i wszystkim się zajmować. Chłopak wydobrzeje i będzie w porządku. Z drugiej strony to miłe, że martwisz się o naszych ludzi. – Lisoń popatrzył na mnie z zaciekawieniem.

W tym momencie pojawił się Jaskulski.

– Szefie, zaraz musimy jechać na spotkanie z ministrem Kaczmarskim, a później na wywiad dla dziennikarki z „Opinii" – dawał jasny przekaz, iż przewodniczący może mi poświęcić jeszcze dwie, góra trzy minuty.

– Mam nadzieję, że nie z tą bladzią Nicpońską, bo jej chyba przypierdolę. – Twarz lidera nabrała agresywnych, wojennych barw.

– Nie, to redaktor Halina Zasada. Jest OK, pisze bez fajerwerków, ale nie napierdala w nas jak Nicpońska. – Jordan też nie lubił osoby tak bliskiej memu sercu.

– Janku, proszę, wróćmy jeszcze do tematu tego chłopaka. – Byłem świadomy, jak niewiele mam czasu, a on i jego matka potrzebowali pomocy.

– Dobra, wyślemy mu kosz owoców i ktoś do niego pojedzie. – Lisoń machnął ręką, jakby się opędzał od natrętnej muchy.

– Nie chodzi o owoce, ale o to, że chłopak nie ma ubezpieczenia. Wychowuje go samotna matka. Nieciekawa sytuacja...

– Tomku, nie przesadzaj. Wielu ludzi znajduje się w trudnej sytuacji, nie uratujemy świata. Co możemy w tej sprawie zrobić? – Lider zaczynał się niecierpliwić.

– Jest naszym etatowym pracownikiem, asystentem posła – powiedziałem. – Nie pamiętam, którego – skłamałem – więc to chyba nasza sprawa? – Czułem, że jeszcze chwila, a puszczą mi nerwy. Odetchnąłem głęboko.

– Czyli powinien mieć ubezpieczenie. Jordan, sprawdź jutro. Pewnie jakiś błąd w systemie NFZ – nagminne w tym molochu. A teraz wybacz, naprawdę musimy już lecieć. Jednak powiem ci – twoja postawa mi zaimponowała. Żeby z taką pierdołą, w sprawie gościa, którego nie

107

znasz, tłuc się przez pół miasta. Szacunek! – Lisoń podał mi dłoń i w ten sposób dał do zrozumienia, że spotkanie dobiega końca.

Zanim wyszedłem, do gabinetu wpadła księgowa.

– Panie przewodniczący, niech pan podpisze – podsunęła mu dokument.

– Co to jest?

– Polecenie przelewu bankowego za kolację w Sheratonie na 23 582 zł. Musimy dziś zapłacić, bo termin minął ponad tydzień temu.

– I co, myśli pani, że nas tam już nie wpuszczą? Będziemy więc chodzić do Hiltona! – Lisoń złożył podpis na dokumencie i wybuchnął śmiechem.

Podziękowałem za poświęcony czas, pożegnałem się z Jaskulskim, który patrząc mi prosto w oczy, pokręcił z dezaprobatą głową, i wyszedłem z biura.

Po rozmowie z przewodniczącym trochę się uspokoiłem. Szkoda mi było chłopaka, więc ucieszyłem się, że jakoś mu pomogłem. Sheraton, kurwa! – zakłąłem pod nosem i poszedłem do samochodu. Nie zdążyłem wsiąść, kiedy w kieszeni zaczął wibrować telefon. Byłem zmęczony, potrzebowałem relaksu i wypoczynku. Spojrzałem na wyświetlacz. Nie znałem tego numeru.

– Cześć, masz ochotę na porządną laskę? – Zdumiała mnie bezceremonialność pytania... Głos kojarzyłem, ale nie pamiętałem imienia. Niespodzianka. Dzwoniła dziewczyna z młodzieżówki, z którą dzięki Królikowi nie tak dawno nawiązałem bliższe stosunki.

– Ooo... to może być miły akcent na zakończenie dnia. Skąd cię zabrać? Właśnie jadę do domu.

– Mieszkam dziesięć minut od ciebie, więc mogę za chwilę być na miejscu. Lubisz, gdy dziewczyna ma na sobie czarne koronki? – Była bezpośrednia i szybko zmierzała do celu. Jak większość młodych działaczek z „Teraz Zmiana".

– Skąd wiesz, gdzie mieszkam? – Z całą pewnością nie podawałem jej adresu.

– Od Mateusza, to chyba nie tajemnica rządowa? – Zachichotała tak głośno, że aż musiałem odsunąć telefon od ucha.

– Będę na miejscu za jakieś pół godziny... i lubię czarne koronki...

– Wedle życzenia. Do zobaczenia wkrótce.

Następnego ranka obudziłem się niewyspany i nie zamierzałem już opieprzać Królika za to, że podał dziewczynie mój prywatny adres.

* * *

Minął prawie rok, odkąd „Teraz Zmiana" na stale zagościła w polskiej polityce. Nadal szokowała większość konserwatywnego społeczeństwa, jednak ci, którzy na nią głosowali, byli zadowoleni. Zachodnie media wciąż pisały o sukcesie politycznym Lisonia, wskazując na przemiany kulturowe, jakie się dokonywały na wschodnich rubieżach Europy. Przewodniczący nie był jednak zadowolony. Poparcie w rankingach nie rosło tak, jak oczekiwał. Na zjazdach działacze jako powód takiego stanu rzeczy wskazywali zbyt spolegliwą politykę względem partii rządzącej. Części nie podobała się antyklerykalna retoryka lidera i niektórych posłów. Inni twierdzili, że Lisoń w ogóle nie wie, co robi. Ci ostatni stanowili margines i nikt ich nie traktował poważnie. Najgłośniejszych krzykaczy zarząd krajowy ugrupowania bezpardonowo wyrzucał, pomniejszając w ten sposób margines niezadowolonych.

Na jednym z zamkniętych spotkań, w których uczestniczyłem, przewodniczący oznajmił, iż dokona czegoś, czego żaden z polskich polityków jeszcze nie zrobił.

– Przeprowadzę apostazję! – Skierował wzrok na zgromadzonych, obserwując ich reakcję.

– Kogo przeprowadzisz? – Jordan Jaskulski popatrzył na Lisonia wzrokiem kosmity.

– Publicznie dokonam aktu apostazji. Co wy na to?

W sali zapanowała cisza.

– Nie bardzo rozumiem, czego dokonasz? – Marcin Pilak, podobnie jak reszta zebranych, nie wiedział, o czym mowa. Ja owszem, bo kiedyś pisałem artykuł na ten temat. Nie odzywałem się jednak, bo zaczynało się robić ciekawie. Była to jakaś odmiana w natłoku wielu podobnych, nudnych narad politycznych.

– Apostazja. Świadome, dobrowolne i formalne zerwanie związków z Kościołem katolickim poprzez złożenie oficjalnego aktu w parafii… – Lisoń czytał z kartki formułę, którą wydrukował z jednej ze stron internetowych. – Po co chcesz to zrobić? – Poseł Karol Rolski wykrzywił twarz.

– Jebać czarnych, świetny pomysł! Jestem za! – Z krzesła poderwał się poseł Szymes, największy partyjny antyklerykał, i z demonicznym uśmiechem wyciągnął przed siebie dłoń z palcami ułożonymi w charakterystyczny dla wyznawców szatana sposób.

– Jakubie, proszę cię, trochę powagi – Lisoń ofuknął Szymesa. – Mamy elektorat antyklerykalny? W mediach trochę o nas ucichło? Słupki nam nie rosną? Jeśli na wszystkie pytania odpowiedzieliście: tak, musicie przyznać, że to nie jest zły pomysł. Zresztą już postanowiłem.

– Tomku, mógłbyś przygotować research, jak całą tę szopkę przeprowadzić? – Lider wydał polecenie, które nie stanowiło dla mnie żadnego problemu.

– Znam trochę temat. Jutro mogę podesłać ci e-mailem całą procedurę. Najlepiej akt apostazji złożyć w parafii, w której zostało się ochrzczonym, ale w twoim przypadku zrobiłbym inaczej. – Nie wiem, kto bardziej podpuszczał Lisonia, ja czy Nicpoński.

– A jak? – zapytał. Ewidentnie go zaciekawiłem.

– Wybrałbym najbardziej spektakularne dla tego typu akcji miejsce… bo apostazja może mieć również charak-

111

ter publiczny. Kiedyś za coś podobnego palono na stosach, więc pytanie, czy na pewno chcesz to zrobić? – Nicpońska judziła. Skutecznie.

– Już postanowiłem. Co proponujesz?

– Ogłoś swój akt apostazji w Krakowie, na ulicy Franciszkańskiej 3 – rzuciłem.

– Boże, nie... – Rolski wyjęczał.

– Świetnie! Będzie o tym głośno! – Lisoń kupił pomysł.

– Jeśli nie masz nic przeciwko temu, chciałbym być twoim świadkiem. – Wystąpiłem z nieśmiałą propozycją, licząc, że wspólne działanie w tak wyjątkowej sprawie zbliży nas do siebie, przez co umożliwi mi zbieranie coraz ciekawszych materiałów do kolejnych artykułów.

– Potrzebny jest do tego świadek?

– Nawet dwóch... – Uśmiechnąłem się krzywo.

– Dobrze, zajmij się wszystkim. Gdy będziemy gotowi, powiadomi się media. Szykuje się dobry event. – Lisoń zatarł dłonie.

Reszta spotkania była już nudna.

Rozdział 7

„Teraz Zmiana" potrzebowała solidnego kopa. Struktury lokalne w całej Polsce, w tym oczywiście w moim okręgu, zaczęły domagać się realnego wsparcia z Warszawy. Dotychczas to członkowie ugrupowania utrzymywali je z własnych pieniędzy, że o poświęconym czasie nie wspomnę. Mało kto był w takiej sytuacji jak ja, żeby zabawa w politykę przynosiła mu dodatkowe profity. Grono zatrudnionych w partii było bardzo wąskie, a pracownicy nie otrzymywali wysokich wynagrodzeń. Ludzie w terenie nie dostawali nic. Wezwany przez olsztyńskich działaczy jechałem na spotkanie. Poseł Rosłoń również miał na nim być, bo bardzo na to naciskali. Ponieważ nie chciało mi się jechać samemu, postanowiłem zabrać szefa młodzieżówki, Mateusza. Na propozycję wyjazdu przystał chętnie. Widać nie miał nic ciekawszego do roboty. Większość czasu spędzał, planując happeningi i akcje młodych albo dymając grono zawsze chętnych aktywistek. Wycieczka do Olsztyna była dla niego odmianą, ucieczką od codziennej rutyny.

– Stary, zatrzymaj się przy jakiejś aptece. Muszę wykupić receptę.

Rzeczywiście Mateusz wyglądał blado, gdy zabierałem go spod domu.

– Nie mówiłeś, że jesteś chory. Nie ciągnąłbym cię do Olsztyna – powiedziałem.

113

– Aż tak chory, żeby nie jechać, nie jestem. Muszę tylko wykupić leki. To nic poważnego.

Zatrzymałem się pod apteką na ul. Karmelickiej. Kilkaset metrów od jego domu.

– Poczekam na ciebie.

Królik nie ruszał się z miejsca.

– Co jest? Iść z tobą czy jak? – zapytałem.

– Słuchaj... pożyczyłbyś stówę? – Mateusz spojrzał na mnie wzrokiem zranionej łani.

– Pewnie. Masz. – Dałem mu banknot.

Wrócił po dziesięciu minutach. W czasie podróży od słowa do słowa przyznał się do żenującego problemu. Musi brać antybiotyki, gdyż zapadł na wstydliwą chorobę po upojnej nocy z jedną z działaczek, żeby było pikantniej – córką posłanki. Zdrętwiałem, bo przypomniałem sobie swoją niedawną przygodę z przedstawicielką młodzieżówki. Gdy upewniłem się, że nie chodzi o tę samą dziewczynę, ulżyło mi i już spokojnie prowadziłem auto do celu podróży. Królik większość drogi przekimał, bo – jak wytłumaczył – wczoraj były u niego Ola i Patrycja. Sądząc po głębokim śnie, chłopak miał ciężką noc. Ciekawe, czy tym razem używał prezerwatyw...

Na starówce poszliśmy zjeść śniadanie. Młody wylizał do czysta talerz po jajecznicy, dopił sok i poprosił o papierosa. Zdążyłem się już przyzwyczaić, że nigdy nie miał przy sobie fajek, choć palił prawie tyle co ja.

– Mówiłem ci, jaka masakra?

– Co masz na myśli? – Patrzyłem na ludzi spacerujących po placu.

– W partii są obsuwy z kasą, miesiąc temu zapłacili mi zaległości z czerwca.

– Mamy połowę września...

– No właśnie. Może byś pogadał z Lisoniem, masz z nim częsty kontakt. Na pewno częstszy niż ja. Ludzie mi się zaczynają puszczać, bo nie mają kasy na życie.

– Jak to: ludzie ci się puszczają??? – Nicpońska nadstawiła uszu.

– Mam takiego gościa w warszawskim klubie... Siedzę w „Złotych Tarasach" z laską, którą chcę wyrwać na małe bara-bara, bo ona z tych, które najpierw trzeba zabrać do kina i na lody, żeby cokolwiek z tego było...

– Proszę, przejdź do meritum, a nie opowiadaj tu połowy swojego życia – przerwałem mu zniecierpliwiony.

– ...więc siedzę z tą laską i widzę, że pod filarem stoi jeden od nas. Zatrudniony jest w partii jako grafik, opracowuje memy, sondaże, takie tam drobiazgi. Na pół etatu.

– Mateuszu, błagam...

– Stoi w miejscu, no, gdzie te galerianki. Jakby na kogoś czekał... Wreszcie podchodzi do niego jakiś gruby typ, gadają parę sekund i wychodzą. Po kwadransie wraca w to samo miejsce i akcja się powtarza. Podchodzi do niego inny obleśniak, coś ustalają i znów wychodzą. Cała ta sytuacja dziwnie wyglądała. Rozpytałem potem naszych ludzi, a oni powiedzieli, że facet robi laskę za pięćdziesiąt złotych...

— Co?!? Nie wierzę...

— No poważnie mówię. Gadałem z nim, pytałem, co odpierdala. A ten się usprawiedliwia. Od marca nie dostaje pensji — mówi — a musi z czegoś żyć. Normalnie, stary, załamka.

— Może brak kasy to pretekst, bo on zwyczajnie takie rzeczy lubi? — Zrobiło mi się niedobrze. Odstawiłem talerz z niedojedzoną jajecznicą.

— Pogadaj z przewodniczącym. Proszę... — dodał, gdy wstawaliśmy od stolika.

— Dobrze, natychmiast po powrocie z nim porozmawiam.

Do zebrania pozostały jeszcze dwie godziny, więc poszliśmy do olsztyńskiego mieszkania chwilę odpocząć. Na klatce spotkałem sąsiadkę. Starowinkę, która wiedziała wszystko o wszystkich. Typ sympatycznej babci w moherowym, a jakże, berecie.

— Dzień dobry pani.

— O, jak dobrze, że pana widzę! Właściciel mieszkania parę razy już tu zachodził. Strasznie zły był. Pan tak rzadko tu bywa. Kartkę w drzwiach zostawił. Wyjęłam, bo kartka w drzwiach przez tyle dni to sygnał dla złodzieja — babcia-sąsiadka była bardzo przejęta — proszę poczekać, przyniosę.

— Bardzo pani dziękuję.

– Z Bogiem, z Bogiem… a, panie Tomku, przepraszam, że tak wprost zapytam. Ten kolega to pana chłopak?

– Jak to: mój chłopak? – zapytałem zaskoczony, a Mateusz spojrzał na mnie spod byka.

– Wie pan, ja do kościoła chodzę, ale mi to nie przeszkadza nic a nic. Bo wiem, że pan w tej partii gejów jest. Ale ja tolerancyjna jestem. A pan zawsze uprzejmy, miły.

– Muszę panią rozczarować, to nie mój chłopak, ale kolega z partii – wyjaśniłem rozbawiony. Mateuszowi chyba nie było do śmiechu.

– Do widzenia, panie Tomaszu… – Kobieta chyba mi nie uwierzyła, bo wciąż stała na klatce, uważnie się nam przypatrując.

Otworzyłem drzwi, przepuściłem młodego. Zanim zdjąłem kurtkę, przeczytałem odręcznie napisaną informację: „Jeśli należność czynszowa nie zostanie pilnie uregulowana, w ciągu najbliższych dni zostanie pan eksmitowany. Mam nadzieję, iż nie będzie konieczne wezwanie policji." W rogu podpis i numer telefonu.

Poprosiłem Mateusza, żeby zrobił dwie kawy, a w tym czasie zadzwoniłem do właściciela mieszkania.

– Dzień dobry… ja w sprawie wiadomości, którą pan zostawił. Dziś przyjechałem do Olsztyna.

– Panie, kurwa, co pan i ta pańska partia odpierdalacie? – Właściciel nie był w dobrym nastroju.

– Nie rozumiem, o co chodzi, chcę wyjaśnić sytuację. Dlatego dzwonię…

– Trzeci miesiąc nie opłacacie czynszu. Elektrownia wysyła mi monity. Panie, to jest niepoważne, masz pan siedem dni albo szukaj pan innego frajera. – Rozłączył się. – O w dupę! – zakląłem.

Mateusz przyglądał mi się zaciekawiony. Gdy mu powiedziałem, jaki mam problem, nie wyglądał na zaskoczonego.

– Widzisz, mówiłem. Coś z tą kasą jest nie halo. Za mieszkanie płacą ci tak samo, jak mi wypłacają pensję. Teraz masz dodatkową motywację, żeby porozmawiać z Lisoniem. Tak się nie da pracować przecież!

Młody miał rację. Postanowiłem, że zaraz po zebraniu z aktywem zadzwonię do przewodniczącego. Stawił się na nie praktycznie komplet działaczy z okręgu. Brakowało tylko naszego posła. Wysłał mi zdawkowy SMS: „Jestem na spotkaniu środowisk LGBT. Sorry, nie pojawię się dziś. Pozdrów wszystkich!". Doprowadzał mnie do irytacji. Nigdy nie pojawiał się tam, gdzie sytuacja była napięta.

Obietnice lidera dotyczące finansowania struktur partii wciąż pozostawały bez pokrycia. Ludzie mieli dość sponsorowania formacji. Oczekiwania nie były nawet wielkie, chodziło tylko o środki przeznaczone na najem lokali, gdzie odbywały się spotkania, na zwrot kosztów dojazdów do Warszawy, które stawały się coraz częstsze. Jednak działacze byli mocno rozeźleni. Próbowałem zapanować nad ich emocjami, ale niezbyt mi to wychodziło, bo sam się wściekałem – przecież jeśli w ciągu tygodnia partia nie ureguluje rachunków, wtedy w Olsztynie zyskam status bezdomnego.

– Powiedz, kurwa, jak długo jeszcze mamy się spotykać po knajpach?! Tak nie powinno to wyglądać. Przecież są subwencje. Nie mamy lokalu, więc w mieście nie ma też gdzie zawiesić banera z logo partii. Co tu w ogóle gadać, nawet tych cholernych banerów nie mamy. A obiecali, że dostaniemy przed wakacjami. Jest już wrzesień. – Krzysiek reprezentował frakcję najbardziej wiernych liderowi aktywistów. Ale i jemu puszczały nerwy.

Co miałem powiedzieć? Obiecałem jak najszybciej przedstawić przewodniczącemu wszystkie argumenty, opinie i żale, które tego wieczoru usłyszałem. Tyle mogłem zrobić. Tak czy inaczej, musiałem z nim porozmawiać. Miałem przecież problem ze swoim olsztyńskim lokum. Zakomunikowałem Mateuszowi, że wracamy do stolicy. Ucieszył się, gdy się dowiedział, że będę rozmawiał z Lisoniem również w jego sprawie. Ponieważ zdążył się już umówić z jakąś autochtonką na romantyczny wieczór, postanowiliśmy wyruszyć następnego dnia o dziesiątej rano. On poszedł w sobie tylko znanym kierunku. Ja udałem się do mieszkania.

* * *

Po przyjeździe do Warszawy natychmiast wybrałem numer telefonu Lisonia. Wyjątkowo nie odbierał. W niedzielę tak samo. To nie było typowe. Przecież na pewno się domyślił, że sprawa jest ważna, skoro się dobijam. Nie miałem jednak ochoty czekać do poniedziałku. Zatelefonowałem do Marcina Pilaka, który jako członek zarządu partii miał spore możliwości.

– Strzała, Marcin, próbuję się dodzwonić do Janka, ale bezskutecznie. Mam pilną sprawę – rzuciłem krótki komunikat.

– Bardzo pilną? – Jego głos brzmiał, jakby od dwóch dni chlał.

– Na wczoraj…

– Musisz więc uzbroić się w dużą dozę cierpliwości, bo szef wróci dopiero w niedzielę.

– Dziś jest niedziela! To naprawdę pilne!

– Wróci w przyszłą niedzielę, jest na Korsyce. Ma spóźniony urlop. Nikt z nas się nie dodzwoni do niego. Zresztą zakazał przeszkadzać. Facet ciężko pracuje. Też mu się należy coś od życia, nie?

Ewidentnie nudziłem gościa, bo ziewał do słuchawki.

– Ale chcą mnie eksmitować z mieszkania, które mi wynajmujecie. Rachunki są niepopłacone. Gdy Lisoń wróci, to mieszkania już nie będzie – mówiłem coraz bardziej podniesionym głosem. Byłem naprawdę zdesperowany. Przewodniczący byczył się w ciepłych krajach, a ja miałem na głowie bajzel.

– Tomaszu, nie panikuj. Pewnie zrobił się jakiś zator płatniczy albo ktoś czegoś nie dopatrzył. Przyjdź jutro do biura około jedenastej. Będzie księgowa, sprawdzi. W porządku?

– To do jutra – powiedziałem grzecznie, choć trafiał mnie szlag. Rozłączyłem się.

Ze złością szurnąłem telefon w kąt. Byłem zmęczony podróżą i całą tą sytuacją. Zamówiłem pizzę, zrobiłem kawę i usiadłem do komputera. W imieniu Nicpońskiej zabrałem się za pisanie tekstu o problemach finansowych partii „Teraz Zmiana". Po godzinie skończyłem pracę. Był to chyba jeden z bardziej zgryźliwych artykułów znienawidzonej przez Janka Lisonia dziennikarki. Bezzwłocznie wysłałem go do „Opinii".

Następnego dnia kilka minut przed czasem znalazłem się w warszawskim biurze partii. Pilaka jeszcze nie było, kręcili się tylko jacyś ludzie. Niektórych kojarzyłem z twarzy. Punkt jedenasta przyszła księgowa. Ucieszyłem się.

– Pani Krysiu, można na słówko? – Chciałem być miły i sprawnie załatwić najbardziej pilący temat.

– Na słówko to tak. Nie mam zbyt wiele czasu. – Nie wyglądała na szczęśliwą, że zawracam jej głowę.

– Mam problem. Partia nie płaci za wynajem mojego mieszkania w Olsztynie. Grozi mi eksmisja. Nie dam rady działać, jeśli nie będę miał tam lokum. Rozmawiałem z właścicielem, są zaległości od trzech miesięcy.

– Momencik. – Kobieta zaczęła wklepywać coś w klawiaturę komputera. Poprawiała okulary na nosie, chrząkała i wpatrywała się w monitor. – No, nie jest tak źle.

Dwa miesiące zalegamy z płatnością, a nie trzy. Właściciel nie był precyzyjny. Kolejna rata za wynajem powinna wpłynąć dopiero jutro.

– No więc jutro upłyną trzy miesiące, odkąd nie płacicie. Co mam zrobić? Olać Olsztyn, zrezygnować z funkcji? Dlaczego nie regulujecie tych należności, partia dostaje przecież kilkanaście milionów rocznie z budżetu. – Nie odpowiadało mi porzucenie Olsztyna, utraciłbym cenne źródło informacji. Ale też nie miałem zamiaru dokładać do interesu.

– Pieniądze z dotacji przychodzą w transzach. Aktualnie konto partii jest praktycznie puste. Następny przelew dojdzie zapewne w ciągu dwóch tygodni. Wtedy poregulujemy bieżące zobowiązania. Nic nie poradzę. – Rozłożyła ręce, uznając, że więcej nie może dla mnie zrobić.

– Czy na pewno za dwa tygodnie należności zostaną uregulowane?

– Tak. Ale na wszelki wypadek proszę założyć, że to będą trzy tygodnie.

– Niektórzy z naszych działaczy mają opóźnienia w wynagrodzeniach. Czy również zostaną zapłacone? – Księgowa kiwnęła głową.

Podziękowałem i wyszedłem. W drzwiach minąłem się z Pilakiem, zdziwionym moim szybkim wyjściem. Gdy mu powiedziałem, że już wyjaśniłem problem, roześmiał się i skomentował: – A widzisz! Miałem rację, że to drobiazg.

Przy bramie wpadłem na posła Karola Rolskiego.

– Masz może fajkę, Tomaszu? – Pamiętał moje imię...
Poczęstowałem go i sam zapaliłem.

– Co cię sprowadza do biura? Jakieś problemy w okręgu? – Wyraźnie chciał pogadać.

– Partia nie płaci ludziom ani też za moje mieszkanie w Olsztynie. A Lisoń wyjechał. Trochę niefajnie.

– Nie denerwuj się, to przejściowe. W tym tygodniu ma wpłynąć transza.

– Podobno za dwa tygodnie – wszedłem mu w słowo.

– Może i za dwa. Ale na dniach kasa na pewno wpłynie, więc się nie martw. Ludzie też dostaną pensje.

– Mógłbyś nacisnąć przewodniczącego, jesteś jednym z jego najbliższych współpracowników.

– Tomku, finanse to nie moja działka, nie moje kompetencje. Uwierz, chciałbym pomóc, ale w tej sprawie nic nie mogę zrobić. Zresztą za parę dni wszystko będzie popłacone. Partia ma teraz spore wydatki. Drukujemy tony materiałów reklamowych, banery, wydajemy książki. Początki są trudne. Nie mamy tyle szmalu, co ci u żłobu. Jesteśmy partią opozycyjną. Daj jeszcze jedną fajkę, zostawiłem w samochodzie. – Głową wskazał na swój nowy nabytek stojący dwadzieścia metrów od nas. Czarnego sportowego mercedesa w wersji AMG. Najskromniej ćwierć miliona złotych, jeśli był nowy.

– Piękne auto. Polityka ma swoje uroki – rzuciłem niby żartem.

– Nie kpij. Wcześniej zapierdalałem w firmie, którą zbu-

123

dowałem od podstaw. Importowałem kontenery chłamu z Chin i sprzedawałem jako pełnowartościowy towar – mówił zupełnie poważnie. – Na polityce tracę, a nie zarabiam. Teraz robię dla idei.

– Rozumiem, Karolu, przecież żartowałem. – Próbowałem go jakoś udobruchać.

– Może masz czas wieczorem? – zapytał niespodziewanie. – Robię małą imprezę na mieście dla wąskiego grona przyjaciół. Będą fajne dupeczki. Wpadniesz?

Zrobiło mi się miło. Był spontaniczny i zaproszenie raczej nie wynikało z politycznego wyrachowania.

– Dlaczego nie? Dziś nie mam większych planów.

Obiecał podjechać po mnie o dwudziestej. Pożegnaliśmy się, a ja się udałem do Chińczyka na obiad. Gdy kończyłem posiłek, zadzwonił Bogdan. Chciał pilnie się spotkać. Miałem wolne popołudnie, zaprosiłem go więc do siebie.

Wpadł zziajany i podekscytowany.

– Będziesz mi robił laskę do końca życia, przyjacielu. – Pewność, z jaką to oznajmił, przeraziła mnie.

– Chlałeś? Czy się ujarałeś?

– Masz coś mocniejszego? – zapytał. – Nalej i mnie, i sobie. Uwierz, powód jest.

Nie był zjarany ani pijany. Nie zapytałem o nic, tylko poszedłem po flaszkę, szkło i sok do popicia. Polałem. Czekałem, aż coś powie. Wciąż sapał. Naprawdę musiał się bardzo spieszyć.

– No mów, do cholery, bo zejdę. Co jest grane?

124

Musiałem odczekać jeszcze kilkanaście sekund, zanim zaczął.

– Pisałem tekst, rozmawiałem z kilkoma osobami. Ale to nieważne. Wiem, z kim kombinuje Lisoń! – rzucił triumfalnie.

– Z kimś ze służb. Przecież zostało już ustalone – skwitowałem. Czułem, że to nie koniec rewelacji, z którymi przybiegł Boguś.

– Ale ja znam nazwisko jednego z nich i wiem co nieco o tym człowieku – stwierdził. Wyciągnął z kieszeni smartfona i podał mi. Bez słowa wstałem, wziąłem ze stołu również swojego i oba zaniosłem do łazienki. Jeśli służby miałyby nas na nasłuchu, samo wyłączenie telefonów nic by nie dało. Gdy wróciłem, Bogdan wtajemniczył mnie we wszystko. Gdyby ktoś inny przekazał mi te informacje, nie uwierzyłbym. Jeśli zostaną upublicznione, spowodują totalne zamieszanie na polskiej scenie politycznej. Tego byłem pewien! Wytłumaczył mi też, dlaczego nie on, tylko ja powinienem dostarczyć szefowi efekty jego dziennikarskiego śledztwa. W nagrodę miałem przecież obiecany awans na zastępcę redaktora naczelnego. Sensacje, które mi podał, warte były takiej gratyfikacji. Bogdan miał już stanowisko, dostałby więc co najwyżej pochwałę i bonus do pensji. Jeszcze raz przekonałem się, że jest moim prawdziwym przyjacielem.

Dochodziła osiemnasta, miałem dość czasu, by zdążyć spotkać się z naczelnym, a potem jeszcze zaliczyć wieczorną imprezę z posłem Rolskim. Przyjaciel sugerował, bym nie zwlekał i skontaktował się z szefem, zanim te newsy trafią do niego z innego źródła. Nie mogłem pozwolić, by ktoś mnie uprzedził. Szymon Machnik niemal natychmiast odebrał telefon. Powiedziałem tylko tyle, że mam ważne wiadomości i proszę o pilne spotkanie. Po piętnastu minutach pod domem czekało na mnie podrasowane BMW7 starego. Szofer nie odzywał się prawie wcale. Jechał przez miasto tak szybko, że powinna zatrzymać nas policja. O dziwo, wyprzedzony przez niego patrol z jakiegoś powodu nie zareagował na nasz samochód i wyczyny kierowcy. Zastanowiło mnie to...

Powtórzyłem naczelnemu wszystko, co usłyszałem od Bogusia. Podałem nazwisko osoby, z którą Lisoń się spotykał, oraz kilka istotnych detali na jego temat. Nie była to typowa rozmowa. Tak naprawdę złożyłem swojemu szefowi krótki, wojskowy raport. Rzucił tylko równie krótkie „dziękuję" i zaproponował podwózkę, bo musiał gdzieś bezzwłocznie jechać. Skwapliwie skorzystałem.

Pod domem znalazłem się pięć minut przed dwudziestą. Samochód naczelnego pospiesznie odjechał. Gdy tylko zwolniło się po nim miejsce, podjechał znany mi czarny, sportowy mercedes. Poseł Rolski kiwnął, bym wsiadł.

— To nie była przypadkiem limuzyna Machnika? — Miał dobry wzrok.

– Gdzie? – zapytałem, udając durnia.

– Czarne BMW, które skręciło w prawo na skrzyżowaniu. – Poseł wskazał palcem niknące z oczu czerwone światła wozu.

– Nie mam pojęcia. To gdzie jedziemy? – Chciałem jak najszybciej zmienić temat.

– Niespodzianka. Zapowiada się fajny wieczór, zobaczysz.

Błyskawicznie dotarliśmy pod ekskluzywny klub nocny. Nie był miejscem, do którego chodziłem. Miał uznaną markę i wysokie ceny. W środku zawsze przesiadywało sporo młodych dziewczyn czekających przy barze na swojego księcia z bajki. Nie bywał tu byle kto, bo byle kto nie był wpuszczany przez ochronę. Gdybym przyszedł sam, sztucznie uprzejmy selekcjoner, który blokował wejście, z pewnością kazałby mi znaleźć inny lokal. Ale dziś towarzyszyłem znanemu posłowi. Weszliśmy bez oczekiwania w długiej kolejce. Mieliśmy zarezerwowany niewielki stolik niedaleko baru. Byliśmy tylko we dwóch. Zastanawiałem się, czy w ogóle ktoś do nas dołączy. Obiecanych przez Rolskiego dupeczek też nie widziałem. Zaczęliśmy od skromnej przekąski i dobrego, bardzo drogiego wina.

– Żeby była jasność, jesteś moim gościem. Rachunkiem się nie przejmuj. Partia dysponuje funduszem na tego rodzaju spotkania. A dzisiejsze ma również charakter roboczy. Trzeba się integrować, no nie? – Rolski zarechotał.

– Ktoś jeszcze dojdzie do nas? Mówiłeś coś o jakichś dupeczkach...

– Dopij wino i daj mi chwilunię. – Rolski wstał, poprawił złoty zegarek na ręku, tak by był bardziej widoczny, i poszedł w kierunku baru, przy którym siedziało kilka piękności.

Chwilę z nimi rozmawiał. Dwóm coś podał i po chwili wrócił do stolika.

– Znasz je? – zagadnąłem, odstawiając pusty kieliszek.

– Nie, ale właśnie się przedstawiłem...

– Co im dałeś?

– Wizytówki, to zawsze działa.

Miał rację. Widać było, że dziewczyny się naradzają. Po kilku minutach szły w naszym kierunku trzy długonogie, na pierwszy rzut oka, modelki.

– A jeśli to kurwy? – Nie miałem ochoty na towarzystwo prostytutek.

– Młody, co ty pierdolisz, studentki z czwartego, maksymalnie piątego roku. Kurwy siedzą zupełnie gdzie indziej. Fajne towary. Sam popatrz.

Rzucił się w ich kierunku, robiąc miejsce przy stoliku.

Po godzinie i wypitych dwóch kolejnych butelkach wina atmosfera zrobiła się niezwykle sympatyczna. Nasze towarzyszki nie tylko były bardzo ładne, ale jeszcze niegłupie. Naprawdę dobrze się bawiłem.

Marta i Klaudia bardziej interesowały się posłem. Iwona nie była tak wyluzowana jak jej koleżanki, ale przynajmniej rozmawiała ze mną. Zaintrygowała mnie. Poprosiła, bym powiedział jej coś o sobie. Przedstawiłem więc siebie z możliwie najlepszej strony, mówiłem o działalności politycznej, wyolbrzymiając swoją rolę w budowaniu nowoczesnej Polski. Zaczęło mi chodzić po głowie, jak to byłoby fajnie dzisiejszego wieczoru wylądować z rudowłosą w łóżku. Kilka razy zaśmiała się z moich historyjek, ale polityka wyraźnie ją nudziła. Gdy dowiedziała się, że z zawodu jestem dziennikarzem, oczy jej zabłysły. Bingo!

– Studiuję na czwartym roku dziennikarstwa – pochwaliła się. – Opowiedz mi, proszę, o czym pisałeś.

Szanse na łóżko z rudą rosły. Przez kolejną godzinę sącząc wino, nawijałem o dotychczasowej pracy. Oczywiście pominąłem wątek Nicpońskiej i Góralczyka. Dziewczyna zaskoczyła mnie, bo sama zaczęła wychwalać teksty Nicpońskiej, znała jej pióro i doceniała bezpardonową, ostrą krytykę. Czułem się mile połechtany i żałowałem, że nie mogę ujawnić prawdy. Mieliśmy wspólne zainteresowania, Iwona podobała mi się coraz bardziej. Naprawdę była świetna. Dochodziła północ. Tymczasem poseł bawił się na całego. Jego dłonie błądziły w okolicach ud nowych koleżanek. Parę razy mrugnął do mnie porozumiewawczo. W pewnym momencie przeprosił dziewczyny i poszedł do toalety. Po chwili musiałem udać się jego śladem. Na wszelki wypadek poprosiłem moją towarzyszkę, by w tym czasie nie znikła.

Wszedłem do środka w momencie, gdy Rolski pochylony, opierał się nad zlewem w dziwaczej pozie.

– Wszystko w porządku? – Już myślałem, że zaprawił się na amen.

– Co ma być nie w porządku? – odpowiedział, nie zmieniając pozycji. Mocno pociągnął nosem, a potem wyprostował się. – Chcesz kreskę? Najlepsza w całej Warszawie.

– Nie, dzięki. Wystarczy, że się odleję. Zanim wyjdziesz, wytrzyj ubrudzony nos – rzuciłem i poszedłem na stronę. Czekał na mnie.

– Zabieram do siebie te dwie. Chętne jak cholera. Legitymacja poselska to fajna sprawa. W następnej kadencji musisz spróbować. – Poklepał mnie po ramieniu i po przyjacielsku objął. Nie wiem, czy z powodu wina, czy może dzięki Iwonie miałem tak dobry nastrój, że też go objąłem. Skierowaliśmy się do wyjścia. Wtedy właśnie wszedł jakiś koleś.

– O, przepraszam. Nie przeszkadzam. – Wycofał się szybko.

– Dobra, Karol, spadamy, bo jeszcze ktoś nas weźmie za parę i obsmaruje w gazetach.

Zgodnie z naczelną zasadą dziennikarską nie można być twórcą i tworzywem. Żałowałem tego. Byłby jajcarski materiał.

– Tomek, kurwa, przecież każdy wie, że nie lubię pedałów. Idziemy, dupy stygną. Ta ruda jest bombowa, bierz ją na warsztat.

Wróciliśmy do stolika. Dziewczyny grzecznie czekały. Rolski wezwał kelnera.

– Co tak długo? Jesteś gejem? – Iwona szepnęła mi na ucho. Miałem nadzieję, że to żart.

– A wyglądam?

Pokręciła przecząco głową. Zachwycił mnie jej uśmiech. Rolski zabrał swoje towarzyszki i chociaż był nietrzeźwy, wsiadł za kierownicę. Zostaliśmy z rudowłosą sami. Zaproponowałem, że pojedziemy do mnie. Zgodziła się. Koniecznie chciała dokończyć rozmowę na temat mojej dziennikarskiej pracy. Miałem co innego w głowie. Wino zrobiło swoje, byłem ciut wstawiony. Wreszcie podjechała zamówiona taksówka. Gdy Iwona wsiadała do auta, nie wiem, co mnie podkusiło – klepnąłem ją lekko w tyłek. Odwróciła się i zmierzyła mnie wściekłym wzrokiem.

– Proszę na Żelazną – powiedziała do taksówkarza.

– To kilka ulic od mojej... – Zbaraniałem.

– Ale ja jadę do siebie. – Była zła. Wiedziałem, dlaczego.

– Przepraszam...

– Gdzieś mam twoje przeprosiny, myślałam, że różnisz się trochę od reszty tego politycznego bydła.

Dałem ciała. Czułem się jak ostatni idiota. Nie odezwałem się ani słowem. Taksówka podjechała pod wskazany adres. Mimo moich protestów dziewczyna zapłaciła za kurs. Trzasnęła drzwiami i na do widzenia rzuciła w moim kierunku: „Cześć, palancie". Miała rację, byłem palantem. Kierowca chciał jechać, ale kazałem mu chwilę poczekać. Zobaczyłem, do której klatki w bloku wchodzi Iwona. Odwróciła się, a wtedy jej pomachałem. Z daleka zobaczyłem wyciągnięty w moim kierunku środkowy palec. Podałem taksówkarzowi adres. Mijały dni, każdy podobny do poprzedniego. Najpóźniej w soboty musiałem wysyłać kolejne teksty do Bogusia. W pewne piątkowe przedpołudnie usiadłem do pisania artykułu. Przeglądałem swoje zapiski i starałem się coś sklecić do najbliższego numeru. Miałem dylemat. Napisać coś pozytywnego czy wręcz przeciwnie? Nie mogłem się skupić. Coś było nie tak. Po chwili zorientowałem się, że myśli zaprząta mi Iwona. Napisałem SMS do posła Rolskiego z prośbą, by zdobył dla mnie numer do rudej — koleżanki Marty i Klaudii, z którymi wtedy wyszedł. Miałem nadzieję, iż facet nie od razu zrywa nawiązane kontakty i w ogóle skojarzy, o kogo chodzi. Wcisnąłem „wyślij", a potem wybrałem numer Bogusia. Chciałem się z nim zobaczyć i pogadać. Ot tak, po prostu. Zwyczajnie stęskniłem się za jego mordą.

U przyjaciela spędziłem cały wieczór. Gadaliśmy o pierdołach, unikając polityki tak bardzo, jak było to możliwe. Chyba obaj mieliśmy jej po dziurki w nosie. Zaprosił mnie na wędkarski wypad do Szwecji, który planował na wiosnę przyszłego roku. Był namiętnym wędkarzem, ja przeciwnie. Ostatecznie zgodziłem się, bo od kilku lat nie miałem wakacji z prawdziwego zdarzenia. Pogratulował mi świetnego tekstu Nicpońskiej i poprosił, żeby Góralczyk podsyłał nieco więcej materiałów. Wytłumaczyłem, zgodnie z prawdą, że o pozytywne informacje coraz trudniej. Ponieważ, jak to z reguły na spotkaniach u Bogusia bywało, troszkę się upodliłem, zostawiłem samochód pod jego domem, a sam wezwałem taksówkę.

Nie zdążyłem otworzyć drzwi mieszkania, gdy przyszedł SMS od Rolskiego z numerem telefonu Iwony. Sprawił mi nielichą niespodziankę. Byłem trochę wstawiony, może dlatego od razu odważyłem się zadzwonić.

– Dobry wieczór. Nazywam się Tomasz Dymarczyk, poznaliśmy się niedawno w nocnym klubie. Błagam, nie odkładaj słuchawki – wyrecytowałem na jednym oddechu. Liczyłem, że mam szansę uratować tę znajomość.

– Zachowałeś się wtedy jak dupek. Skąd masz mój numer? – Nie rozłączyła się...

– Tak, zachowałem się jak dupek. Jeśli tylko pozwolisz mi się zrehabilitować, w ramach przeprosin chciałbym cię zaprosić na kolację.

– Jeszcze nie odpowiedziałeś, skąd masz mój numer – zapytała ponownie. Jej głos brzmiał jednak łagodnie.

– Pamiętasz, jestem dziennikarzem, to znaczy byłem...

– Język mi się plątał. Nic dziwnego, skoro Boguś poczęstował mnie mocną, rosyjską wódką.

– Pamiętam. Jesteś wstawiony?

– Nie, po prostu zmęczony, miałem ciężki dzień. – Skupiłem się z całych sił, aby moje kłamstewko nie wyszło na jaw.

133

– Co do kolacji, pomyślę. Zadzwoń jutro po piętnastej. Dobrej nocy. – Rozłączyła się.

Padłem na łóżko i po kilku minutach zasnąłem. Rano obudziłem się w ubraniu i z bólem głowy. Poszedłem do kuchni, otworzyłem lodówkę i wyciągnąłem kefir. Spojrzałem na datę. Termin przydatności do spożycia minął dwa dni temu. Spróbowałem. Miał dziwny posmak, ale niezrażony wypiłem połowę. Włączyłem ekspres i zapaliłem papierosa. Patrząc tępo w strużkę kawy, która ściekała stanowczo zbyt wolno, sięgnąłem po telefon. Zadzwoniłem do mamy. Zapytałem, jak wygląda sytuacja z ojcem. Okazało się, że nie ma większych zmian. Pił nadal. Obiecałem więc przyjechać w przyszłym tygodniu. Byłem przekonany, że mój kochany tato sam się nie podniesie z alkoholowego ciągu. Rozmowa z mamą mnie przybiła. Poszedłem z filiżanką do pokoju, włączyłem komputer i sprawdziłem nagłówki wiadomości oraz swój plan na dziś w elektronicznym kalendarzu. Dzień miałem praktycznie dla siebie. Zero konferencji, spotkań. Poza jednym… Przypomniał mi się mój wczorajszy telefon do Iwony. Poczułem szybsze bicie serca. Ta dziewczyna naprawdę mi się podobała. Chyba się starzeję, bo zatęskniłem za domem, kobietą, z którą można dzielić smutki i radości. Nie chciałem żyć jak inni faceci, na przykład Mateusz, co kilka dni bzykający nową pannę. Dojrzałem do tego, żeby mieć kogoś na stałe, niekoniecznie żonę, ale partnerkę, o którą będę się troszczyć.

Kobietę ważną dla mnie, z którą będę mógł rozmawiać i której będę mógł słuchać. Może to Iwona? Zapytałem sam siebie i rozmyślając o tym, poszedłem do łazienki. Ogoliłem się. Przeglądając się w lustrze, kontemplowałem odbicie. Przypomniały mi się słowa matki i dotarło do mnie, że jestem gotowy na diametralną zmianę wizerunku. Wyciągnąłem z szuflady elektryczną maszynkę do strzyżenia. Ustawiłem ją na minimum i włączyłem. Po kilkunastu minutach przyjrzałem się facetowi w lustrze. Pierwszy raz zobaczyłem się bez włosów. Wyglądałem o wiele lepiej. Mama miała rację. Zacząłem żałować, że na taki krok nie zdecydowałem się wcześniej. Wszedłem pod prysznic, a potem założyłem białą koszulę, niebieską marynarkę i jeansy. Ponieważ dochodziła dopiero jedenasta, miałem kilka godzin, by zatelefonować do Iwony. Usiadłem więc do komputera i przejrzałem materiały, jakimi dysponowałem. Dwa niedokończone teksty o czternastej były gotowe. Jeden wysłałem do Bogusia, drugi do „Opinii". Włączyłem telewizor i poszedłem zrobić sobie kanapki.

* * *

Zgodziła się zjeść w moim towarzystwie kolację! Ciągle jeszcze nie mogłem w to uwierzyć. A jednak... Siedzieliśmy w małej, przytulnej restauracyjce. Iwona zachowywała się tak, jakby już zapomniała o tym, jak wygłupiłem się przy naszym poprzednim spotkaniu. Zauważyła zmianę w moim wyglądzie i odniosłem wrażenie, że nowy design jest strzałem w dziesiątkę.

– Fajnie ci bez włosów, teraz kogoś mi przypominasz... Nie mogłem oderwać od niej wzroku, zachwycony jej uśmiechem błądzącym w kącikach ust.

– Roberta De Niro? – zapytałem. Rozbawiła mnie. Kolejny zresztą raz tego wieczoru.

– Nie. Jakiegoś innego przystojnego aktora. De Niro to stary ramol. – Tym razem ona się roześmiała.

– Kogo zatem ci przypominam? Bo mnie bardzo zaciekawiłaś...

– Nie pamiętam, jak się koleś nazywa, ale ty jesteś przystojniejszy. – Wyraźnie mnie kokietowała, czym podbudowała moje wrażliwe męskie ego.

Po kolacji poszliśmy na spacer. Podałem jej ramię i tak łaziliśmy po starówce, rozmawiając i śmiejąc się. Zrobiło się późno.

– Tomku, pora na mnie. Dziękuję za miły wieczór. Przyznaję, dziś się zrehabilitowałeś. Bardzo ciekawy z ciebie facet... – powiedziała, gdy dotarliśmy do postoju taksówek.

Wsiedliśmy. Siedziałem obok i czułem bliskość jej ciała.

– Spotkamy się jeszcze? – zapytałem z nadzieją.

– Może... Masz mój numer. Zadzwoń kiedyś.

– Jutro?

Pokiwała przecząco głową.

– Jutro nie mogę. Spróbuj w przyszłym tygodniu, przystojniaku.

Gdy kierowca zatrzymał się pod jej domem, wysiadając, posłała mi buziaka. Po chwili ruszyliśmy. Dziesięć minut później byłem u siebie na klatce.

Winda sunęła w górę, a ja cały czas myślałem o Iwonie. Nawet nie zauważyłem, jak dotarłem na swoje piętro. Wyjąłem klucze i już wkładałem do zamka, kiedy poczułem wibrujący w kieszeni telefon. Miałem nadzieję, że to ona. Niestety dzwonił naczelny.

– Przyjedź natychmiast do redakcji. Poza mną i Bogdanem nie ma nikogo.

Rozłączył się. Zamówiłem taksówkę „na już". Po dwudziestu minutach byłem na miejscu.

Nie wiem, dlaczego kazałem się kierowcy zatrzymać w bocznej, przylegającej do budynku redakcji uliczce. Pospiesznie przeszedłem parę kroków dzielących mnie od bramy. Rozejrzałem się wokół, było pusto. Wcisnąłem guzik domofonu, bramka odskoczyła. Już po chwili znalazłem się w środku.

Na górze w gabinecie siedział naczelny. Bogdan nerwowo chodził w kółko. Czekali na mnie.

– Musimy cię chronić, młody. – Szef wyglądał na zmartwionego.

– Przed czym?! – Serce zabiło mi szybciej. Sprawa musiała być poważna, skoro zostałem wezwany o tak późnej porze, a naczelny się o mnie martwił.

– Zaznacz dziennikarzy, z którymi dzieliłeś się informacjami na temat Lisonia. – Milczący do tej pory Bogdan podał mi kartę z wydrukowanymi nazwiskami.

Przeleciałem wzrokiem listę. Podkreśliłem cztery spośród blisko dwudziestu osób i oddałem kartkę staremu. Bogdan stanął za nim i spoglądał mu przez ramię.

– Lisoń rozpytywał o Nicpońską. Między innymi dwóch pismaków, których zaznaczyłeś. Kontaktowałeś się z nimi osobiście?

– Nie, wysyłałem tylko e-maile z ploteczkami i mało znaczącymi newsami dotyczącymi partii „Teraz Zmiana". Raz tylko anonimowo zadzwoniłem do gościa z „Pulsu Dnia" i powiedziałem, że mam gratisową informację od Nicpońskiej, która jest moją znajomą.

– Na razie dostajesz miesięczny płatny urlop, to znaczy Nicpońska. Nie chcemy ryzykować. Nie może stać ci się żadna krzywda.

Naczelny zapalił cygaretkę. W powietrzu uniósł się aromatyczny dym.

– Czy to konieczne? Co może mi zrobić Lisoń? To znaczy co może zrobić Nicpońskiej? Przecież jej nie zgwałci?

– Próbowałem żartować.

– On może nie, ale jego ludzie są zdolni do dużo gorszych rzeczy... – Stary nawet się nie uśmiechnął. Poczułem się nieswojo.

Zacząłem się bać. Wróciłem do domu, lecz i tu strach mnie nie opuszczał. Przez pół nocy nie zmrużyłem oka.

Myślałem o tym, jak bardzo się myliłem — Lisoń nie był człowiekiem, za którego go uważałem ani za którego brała go większość ludzi pracujących z nim lub dla niego. Wszystko wskazywało na to, że współpracował ze służbami. Dziwnym trafem ten, kto stawał mu na drodze, miał wypadek lub... się wieszał. Przypomniałem sobie spotkanie z siostrą kolesia, który popełnił samobójstwo. Dochodziła druga nad ranem, a ja wciąż nie mogłem zasnąć. Włączyłem lampkę nocną, usiadłem na brzegu łóżka i sięgnąłem po papierosy. Po chwili podszedłem do komputera. Skopiowałem bieżące tematy, nad którymi pracowała Nicpońska, do specjalnego folderu z drażliwymi i nieopublikowanymi nigdy tekstami o partii „Teraz Zmiana". Jak zwykle zrobiłem kopie zapasowe na nośnikach USB. Ilość zgromadzonych tam materiałów była już imponująca. „Wystarczyłoby na niezłą książkę" — pomyślałem. W tym momencie telefon poinformował mnie o nadejściu nowej wiadomości. Przyszedł SMS od Iwony: „Pewnie smacznie śpisz. A ja nie mogę. Dziękuję za wspaniały wieczór. Dawno się tak dobrze nie bawiłam". Błyskawicznie odpisałem: „Też nie mogę spać. Szkoda, że Cię tu nie ma. Uwielbiam z Tobą rozmawiać."

Wciąż wpatrywałem się w wyświetlacz. Miałem nadzieję, że to nie koniec wirtualnej rozmowy. Nie myliłem się. „Przyjmiesz niespodziewanego gościa o tak późnej porze?". Odpisałem błyskawicznie: „Jeśli niespodziewany gość ma na imię Iwona i długie, rude, kręcone włosy, to oczywiście. Bez względu na porę!". Kilkadziesiąt sekund później zadzwoniła.

– Nie chcę się narzucać. I też lubię z tobą rozmawiać. Jeśli nie uznasz tego za pokręcony pomysł i podasz dokładny adres, będę za kilkanaście minut.

O wpół do trzeciej nad ranem otworzyłem drzwi. Wyglądała olśniewająco. Przez sekundę oboje zamarliśmy w bezruchu. Po chwili przyciągnąłem Iwonę do siebie i zacząłem łapczywie całować usta. Przywarłem do niej, oparłem o ścianę. Chciałem, żeby poczuła, jak na mnie działa. Poczuła to aż nadto wyraźnie, głęboko westchnęła, gdy pozwoliłem jej zaczerpnąć powietrza. Moje dłonie były wszędzie. Już nie bałem się, że mnie spoliczkuje. Pragnęła mnie tak samo mocno jak ja jej. Wziąłem Iwony dłoń i skierowałem w okolice mojego naprężonego do granic członka. Nieśmiało, ale wprawnie zaczęła go masować przez spodnie.

– Nie przestawaj… proszę – wyjęczałem jej do ucha.

Słyszałem, jak ciężko oddycha. Uwolniłem jej piersi, które opinał koronkowy, czarny stanik. Miała białą, delikatną skórę. Zacząłem lizać i ssać jej sutki. Twarde, nabrzmiałe, smakowały wanilią. Znów zacząłem się z nią ostro całować. Sięgnąłem powoli dłonią między jej uda. Była wilgotna.

– Będziemy tu tak stali? – wyszeptała z trudem. Nie mogła złapać oddechu.

Część naszych ubrań walała się na podłodze w korytarzu. Półnadzy błyskawicznie przenieśliśmy się do pokoju.

Popchnąłem ją na łóżko. Zacząłem zrywać z niej resztki ubrania. Chciała zdjąć pończochy, ale powstrzymałem ją. Całowałem brzuch, schodziłem niżej. Zerwałem z niej majtki i rozsunąłem nogi. Bawiłem się nią, moje palce i język grały melodię, której miała nie zapomnieć. Starałem się, żeby przeżyła coś, czego nie doświadczyła wcześniej. Przerwałem na chwilę przed jej kulminacją. Rozpiąłem spodnie. Wtedy uniosła się lekko na łokciach. Chciała patrzeć. Wszedłem w nią powoli, tak by nie sprawić bólu. Jęknęła cicho i przywarła do mnie całą sobą. Znów ją całowałem. To była rządza pomieszana z emocjami, których nigdy dotąd nie czułem. Chwyciłem jej długie, kręcone włosy i odchyliłem głowę. Pieściłem jędrne, białe piersi. Przyspieszyłem. Oddech Iwony stał się urywany, płytki. Krzyczała. Gdy wbiła mi paznokcie w plecy, poczułem, że dochodzi. Pulsowała i zrobiła się jeszcze bardziej mokra, choć nie sądziłem, iż to w ogóle możliwe.

Usiadłem na brzegu łóżka, a Iwona klęknęła przede mną. Zajęła się mną. Zerkając co chwila w górę, obserwowała moje reakcje. Wypięła przy tym krągłe pośladki, a ja napawałem się ich widokiem. Spoglądałem na zmysłowe ciało i śledziłem każdy ruch. Przestałem się kontrolować. Czułem, że długo nie wytrzymam, chociaż chciałem, żeby to trwało w nieskończoność. Wreszcie poczułem nadchodzący finał. Wstrząsnęły mną spazmy. Było cudownie. Podniecenie nie mijało. Chciałem jeszcze i jeszcze. Uniosłem Iwonę w górę i przeciągnąłem na łóżko. Po kolejnej godzinie opadliśmy bez sił. Wtuliła się we mnie i zasnęliśmy.

Rano obudziłem się pierwszy. Zanim wymknąłem się do łazienki, przyglądałem się chwilę pięknej, śpiącej dziewczynie. Po prysznicu cicho, tak by jej nie obudzić, zrobiłem jajecznicę i zaparzyłem dwie kawy. Przyniosłem tacę ze śniadaniem do pokoju. Iwona już nie spała. Odchyliłem kołdrę, popatrzyłem na nagie ciało. Znów jej zapragnąłem. Gdy nasyceni sobą stwierdziliśmy, że pora coś zjeść, jajecznica była już zimna.

– Podrzucisz mnie do domu? – Zebrała naczynia i wstawiła do zmywarki.

– Oczywiście. Spotkamy się jeszcze?

– Uhym. – Nachyliła się nade mną i pocałowała. Zakręciło mi się w głowie.

– Skorzystam tylko szybko z łazienki – dodała.

Po chwili usłyszałem, jak bierze prysznic. Miałem ochotę do niej dołączyć, ale tym razem przegoniłem swoje mocno frywolne myśli. Dopiłem zimną kawę. Godzinę później byliśmy pod jej domem. Chciałem wysiąść i jakoś specjalnie się pożegnać, ale nie dała mi szansy. Pocałowała w usta, powiedziała, że bardzo się spieszy i że do mnie zadzwoni. Pomachała mi i szybkim krokiem poszła w kierunku klatki.

Zaraz potem pojechałem do biura partii. Nie miałem nic ciekawego do roboty. Skoro Nicpońska ma miesiąc wolnego, to może chociaż Góralczyk zyska szansę, by napisać coś pozytywnego.

Ci, których zastałem, nie byli chyba pozytywnie nastawieni do świata. Przy jednym z biurek siedział poseł Jakub Szymes, obok stali jego asystent i posłanka Karolkiewicz. Wyglądała na trzeźwą.

– Ja, kochana, to pierdolę, tak dalej nie będzie! – Szymes zupełnie nie zważał na moją obecność.

– Nie możesz postępować pochopnie, Jan jest naszym liderem. Bierze na siebie całą odpowiedzialność. Pamiętaj, że to on nas doprowadził do zwycięstwa. – Karolkiewicz jednak była wstawiona. Zdradzała ją lekko niewyraźna i powolniejsza mowa.

– Czego chcesz? – poseł odezwał się niemiłym tonem, ale przynajmniej raczył zwrócić na mnie uwagę.

– Przejeżdżałem tędy i wpadłem, żeby zabrać jakieś materiały reklamowe dla naszych ludzi w Olsztynie. – Wymyśliłem naprędce racjonalny pretekst.

– Idź do kogoś z młodzieżówki i bierz, ile chcesz. Jest tego od cholery, książki, banery, plakaty, ulotki. Firma szwagra zarobiła na tym krocie, chuje jebane… – Szymes nie przebierał w słowach.

– Szwagra? – Wątek rodzinny mnie zainteresował.

– Tak, przecież brat żony Lisonia ma firmę wydawniczo-reklamową. Wszystko robimy u niego. I przepłacamy, kurwa! Gdzie indziej trzy razy mniej za to biorą. Niezły deal, co?

– Mogę sam wybrać i naprawdę wziąć, ile chcę?

– A przyjechałeś ciężarówką? Chuj wie, co z tym szajsem robić? W piecu palić? Przynajmniej byłby jakiś pożytek. Błędy są na ulotkach, książek się nie da czytać, bo co kogo obchodzi poradnik o hodowli psów? I partia za to płaci! – Szymes czerwony na twarzy wstał i wściekły wyszedł z biura.

– Walnij kielicha, od razu przejdzie ci złość – Karolkiewicz krzyknęła za wychodzącym posłem. Nie była gołosłowna. Z torebki wyjęła małpkę wódki.

– Chcesz? – Wyciągnęła w moim kierunku buteleczkę. Pokręciłem głową. Spojrzała na mnie z dezaprobatą i pociągnęła solidny łyk. Nawet się nie skrzywiła.

– Jakub mówił prawdę? – zapytałem.

– Prawdę. I co z tego? Trzeba wspierać swoich. Ja nigdzie z tej partii się nie ruszę. Gdzie mi będzie lepiej? – Schowała małpkę do torebki i opuściła pokój, zostawiając mnie samego.

W sąsiednim pomieszczeniu kręcili się działacze z młodzieżówki. Podszedłem do nich i poprosiłem o pomoc. Jeden z chłopaczków wziął klucze od magazynu, w którym przechowywane były materiały reklamowe. Wyszliśmy na podwórze i zaprowadził mnie do skarbca Alibaby. Gdy otworzył ogromne wrota, moim oczom ukazał się skład literatury, broszur i gazet, jakiego nie powstydziłaby się filia Empiku.

– O, kuźwa, ale tego tu jest! – wyrwało mi się.

– No, a w zeszłym tygodniu dwie ciężarówki wywiozły drugie tyle do skupu makulatury – młodziak mówił bez emocji.

– Czemu do skupu? – Nie rozumiałem. Ludzie w terenie nie mogli się doprosić materiałów reklamowych. Okazało się, że okręgi w Polsce nie miały pieniędzy, żeby samodzielnie je odbierać, a kasy na wysyłkę nie starczyło. Cała poszła na wytworzenie zalegającego w magazynie towaru. Było to logicznie, choć... bez sensu.

– Zobacz tę książkę. – Młody podał mi pierwszą z brzegu. Pięknie wydaną, w twardej oprawie, na doskonałej jakości papierze. – Wiesz, ile kosztowało jej wyprodukowanie?

– Chyba cena zależy od nakładu... – Rozejrzałem się po magazynie. Leżało tutaj nie mniej niż pięćdziesiąt tysięcy sztuk.

– Ta wydrukowana została w nakładzie stu tysięcy egzemplarzy. Mój wujek pracuje w drukarni. Pokazałem mu ten egzemplarz, a on powiedział, że koszt przy takim nakładzie powinien wynosić dwanaście, może czternaście złotych.

– A ile Lisoń zapłacił szwagrowi?

– Zgadnij... – Chłopak spojrzał na mnie wyczekująco.

– Dwadzieścia osiem? – Uznałem, iż przebitka na poziomie stu procent ceny rynkowej i tak byłaby skandaliczna.

– Czterdzieści dwa złote sztuka, koleś, czterdzieści dwa... Fajnie?

Podjechałem autem pod magazyn i zapakowaliśmy cały bagażnik. Nie miałem pojęcia, że jest tego aż tyle. I że większość trafia na przemiał. Wiedza ta stanowiłaby świetny materiał na artykuł dla Nicpońskiej. Gdyby dziennikarka nie została wysłana na przymusowy urlop. Przygnębiony wróciłem do domu. Chociaż w partii „Teraz Zmiana" byłem figurantem, czułem się związany z ludźmi, którzy działali w tej formacji, bo w naszym kraju chcieli coś zmienić. Coraz częściej jednak odnosiłem przekonanie, iż w Polsce niewiele już da się zmienić.

Poczułem zmęczenie. Chciałem zadzwonić po jakieś żarcie na wynos, ale usiadłem w fotelu przed telewizorem i nie wiem, kiedy zasnąłem. Obudził mnie dźwięk domofonu. Było już ciemno. Zdezorientowany poszedłem otworzyć, nie pytając nawet, kto jest na dole.

W drzwiach stał Karol Rolski. Poseł. Zaskoczył mnie, zachodziłem w głowę, co go tu ściągnęło.

– Integracja! – Wszedł z uśmiechem na ustach i przywitał się jak z dawno niewidzianym przyjacielem.

– Wejdź. Jaka integracja? – Miałem nadzieję, że nie chce mnie nigdzie wyciągać.

– Tego typu co ostatnio. Sorry, wpadłem po ciebie bez uprzedzenia, ale cieszysz się, prawda?

Marzyłem wyłącznie o odpoczynku. Dwugodzinna drzemka po nieprzespanej nocy to, jak dla mnie, stanowczo zbyt mało. Nie miałem jednak wyboru. Rolski był zbyt blisko przewodniczącego. Gdybym teraz mu odmówił, więcej okazji mógłbym nie mieć. Zaproponowałem kawę i poprosiłem o parę minut, żeby się doprowadzić trochę do porządku. Włączyłem ekspres i poszedłem do łazienki. Czterdzieści minut później byliśmy na miejscu. W tym samym ekskluzywnym klubie co ostatnio. Zaczęło się typowo, przekąska i drogie wino na koszt partii w ramach funduszu integracyjnego. Rozmawialiśmy luźno, o niczym istotnym. Poseł rzucał prostackie komentarze na temat przechodzących kobiet, niektóre wskazując palcem. Zachowywał się jak burak. W głowie ewidentnie miał jedno, a ja cały czas myślami byłem przy Iwonie.

Wreszcie zastosował swój sztandarowy numer. Przeprosił mnie na chwilę i podszedł do dwóch lasek stojących pod filarem kilkanaście metrów od naszego stolika. Parę minut z nimi pogadał i wręczył wizytówki. Jednak tym razem nie wrócił do stolika, tylko wyszedł z lokalu. Sączyłem wino i z zainteresowaniem przyglądałem się dziewczynom, z którymi chwilę wcześniej rozmawiał. Jedna szepnęła coś drugiej na ucho i również wyszła. Nie do końca wiedziałem, co jest grane i zastanawiałem się, czy poseł aby nie zapomniał, że do klubu przyszedł ze mną. Przestraszyłem się, bo musiałbym uregulować rachunek na kwotę, której przy sobie nie miałem.

Gdy pojawił się kelner, poczułem się trochę nieswojo.

– Kolega już poszedł? Podać coś panu? – zapytał.

– Wróci, na razie dziękuję. Czy można tu gdzieś zapalić?

– Na górze mamy palarnię, ale pełną ludzi. Alternatywnie może pan zapalić na zewnątrz, jest tam wyznaczone miejsce.

147

Podziękowałem, upiłem jeszcze łyk wina i oddaliłem się na fajkę. Był piękny, ciepły wieczór. Zaciągnąłem się dymem i obserwowałem wchodzące oraz wychodzące osoby. Już na pierwszy rzut oka widać było, iż plebs tu nie zagląda. Spojrzałem na znajdujący się w pobliżu parking, gdzie Rolski zostawił swojego sportowego mercedesa i zdrętwiałem. Samochód się kołysał. Pomyślałem, że chyba ktoś się do niego dobiera. Ruszyłem w kierunku wozu. Gdy zbliżyłem się na kilka metrów, zauważyłem w środku posła bzykającego wyrwaną z klubu panienkę. Zawróciłem, śmiejąc się z samego siebie, bo niewiele brakowało, żebym się nieźle wygłupił.

Wróciłem do stolika. Kelner, który natychmiast do mnie podszedł, chyba odetchnął z ulgą. Poprosiłem o wodę mineralną i jagnięcinę polecaną w karcie. Zgłodniałem.

Czekając na posiłek, zacząłem przeglądać w iPhonie Twittera i Facebooka. Nudziłem się. Posła nie było dobre dwadzieścia minut. Zastanawiałem się, dlaczego nie zabrał panienki w bardziej ustronne miejsce, przecież na parkingu każdy paparazzi mógł mu zrobić zdjęcie. W końcu uznałem, iż to jego, a nie mój problem i ucieszyłem się, że nie zostawił mnie samego w drogiej knajpie. Gdy odkładałem telefon, przyszedł SMS: „Może to głupie, ale już się stęskniłam, chociaż wyszłam od Ciebie kilka godzin temu. Chcesz, żebym dziś przyszła?". Odpisałem od razu: „Tak! Będę w domu o dwudziestej trzeciej". Dochodziła dwudziesta druga. Miałem nadzieję, że poseł się nie obrazi, jeśli zerwę się szybciej z tej dziwacznej imprezy.

Równocześnie z kelnerem niosącym zamówione danie do stolika podszedł Rolski z dziewczyną, którą przed chwilą widziałem w jego mercedesie.

– Poznajcie się, to Klaudia.

– Karolina – dziewczyna poprawiła posła.

– No tak, oczywiście, Karolina. Tomku, nie miej mi za złe, muszę już jechać z Klaudią. A może z nami pojedziesz? – Propozycja była jednoznaczna. Nie miałem ochoty.

– Nie, Karolu, nie mogę. Dzięki za zaproszenie, ale o jedenastej jestem umówiony.

– Rozumiem. W takim razie spadamy. Idę uregulować rachunek, a ty spokojnie zjedz jagnięcinę. Wybornie ją tu przyrządzają.

Poszedł do kelnera. Laska przysiadła się do mnie, nalała sobie lampkę wina i wypiła duszkiem. Pachniała seksem.

– Może jednak pojedziesz z nami? Zapowiada się interesująco... – kusiła sucz.

– Innym razem. Dziś naprawdę nie mogę.

– Żałuj. – Puściła do mnie oko i wstała, bo poseł był już gotowy do wyjścia.

Rolski uścisnął mi dłoń, objął dziewczynę w pasie i wyszedł. Zacząłem pospiesznie jeść. Nie chciałem się spóźnić.

Rozdział 8

Notowania formacji „Teraz Zmiana" systematycznie, ale konsekwentnie spadały. Było tak dużo nieprzychylnych publikacji i programów telewizyjnych, że to, czy pojawi się jeden więcej negatywny artykuł, nie robiło już przewodniczącemu żadnej różnicy.

Po miesięcznej przerwie naczelny zezwolił Nicpońskiej na jej szaleństwa, bo Lisoń przestał o nią wypytywać. Moja praca dziennikarska toczyła się więc właściwym sobie rytmem. Wszystko było jak dawniej. Oczywiście widywałem się regularnie z Bogdanem i miałem kilka spotkań z szefem redakcji, ale nie wniosły one niczego nowego do mojego grafiku. Stary wciąż nagabywał mnie, żebym wreszcie dogrzebał się czegoś o Lisoniu. Niestety poza informacjami, które przekazał mi swego czasu Boguś, nie mogłem nic wyniuchać. Nie chciałem być zbyt nachalny w poszukiwaniach, choć z drugiej strony czułem, że długo nie wytrzymam w tej partii nawet jako figurant i wtyczka Machnika. Spokojnie więc czekałem, bo miałem pewność, iż pewnego dnia i tak wpadnę na jakąś rewelację. Wtedy otrzymam posadę zastępcy naczelnego i zrezygnuję z członkostwa w „Teraz Zmiana".

Kolejnych kilka miesięcy przyniosło diametralne zmiany w moim prywatnym życiu. Iwona zamieszkała u mnie. Wreszcie byliśmy naprawdę razem. Uznałem ten związek za ważny i postanowiłem ją przedstawić rodzicom.

Wstydziłem się jednak choroby ojca. Miałem cichą nadzieję, że tato znajdzie dość siły, by nad nią zapanować. Od pewnego czasu było lepiej, znowu nie pił, tak przynajmniej zapewniała mama. Nadchodziło Boże Narodzenie. Z Niemiec na kilka dni przyjechał mój brat z żoną. Nadarzała się więc idealna okazja, żeby rodzina poznała kobietę, z którą zamierzałem spędzić resztę życia.

Dwa tygodnie przed świętami zadzwoniłem do matki.

– Nie przyjadę sam – oznajmiłem. Ucieszyła się. Pierwszy raz od wielu lat kolację wigilijną mieliśmy spędzić przy rodzinnym stole, do którego wreszcie zasiądziemy w komplecie. Pozostało mi tylko poinformować o tym Iwonę. Powinna być zachwycona.

Ponieważ do Wigilii pozostało już tylko kilka dni, stwierdziłem, że najwyższy czas, aby moja ukochana usłyszała, jaką mam dla niej niespodziankę. Tego wieczoru za oknami padał śnieg, migoczące w witrynach sklepów lampki tworzyły świąteczny nastrój. Idealna aura do rozmowy o zaplanowanej wizycie. Usiedliśmy do posiłku. Iwona jadła kanapkę i spoglądała na mnie pogodnie.

– Mam propozycję: pojedźmy na Wigilię do moich rodziców. Może to dobry moment, żebyś ich poznała? Zwłaszcza że będzie brat z bratową. Powiedziałem już o tym mamie, ucieszyła się – zacząłem.

Odłożyła kanapkę na talerzyk. Zamarła. Nie wyglądała na uradowaną. Coś było nie tak...

– Dlaczego mnie nie zapytałeś, czy tego chcę, czy jestem gotowa? – zapytała zaczepnie.

– Zamierzałem ci zrobić niespodziankę. Jeśli nie masz ochoty, rozumiem. Odwołam nasz przyjazd.

Zrobiło mi się przykro. Zwykle nie obchodziłem świąt, ale z drugiej strony tradycyjne spotkania rodzinne były czymś, czego mi brakowało.

– Nie w tym rzecz. O pewnych sprawach decyduje się wspólnie. Jak dotąd, dyskutowaliśmy o wszystkim... – mówiła nieprzyjemnym tonem. Miała pretensje, może nawet uzasadnione, ale przecież trudno zrobić komuś niespodziankę, ustalając wcześniej jej szczegóły.

– Rzeczywiście mogłem cię najpierw zapytać, jednak do głowy mi nie przyszło, że nie chcesz poznać mojej rodziny...

Chyba wcale nie chodziło o brak wcześniejszych wspólnych ustaleń. W czym tkwił problem, nie wiedziałem. Ostatecznie Iwona zgodziła się na wspólną Wigilię, ale bez entuzjazmu. Nie spodziewałem się takiej reakcji. Nie rozumiałem, dlaczego się nie ucieszyła. Może wszystko działo się zbyt szybko? Jej matkę poznałem przypadkiem na ulicy. Szliśmy wtedy do kina. Z ojcem Iwona nie utrzymywała kontaktu, bo wyprowadził się z domu, gdy była mała. Zastanawiałem się, dlaczego nie paliła się do tego, żebym ją przedstawił najbliższym. Czy popełniłem jakiś błąd, czy zawiniłem? Rzeczywiście do tej pory unikałem rozmów o sprawach rodzinnych, ale po prostu nie miałem odwagi powiedzieć o problemie alkoholowym ojca. Nadeszła pora, by to zmienić.

Kolacja wigilijna była zaplanowana na osiemnastą, ale przyjechaliśmy sporo wcześniej. Iwona pomagała mamie w kuchni, ja rozmawiałem z bratem, nadrabiając ostatnie lata. Do pięknie zastawionego stołu, na którym znalazły się tradycyjne potrawy, zasiedliśmy z opóźnieniem. Nawet Iwona, choć do końca nie wyglądała na przekonaną do tej rodzinnej imprezy, wreszcie się rozpogodziła.

– Dlaczego nie ma jeszcze ojca? – zapytałem mamę. Widziałem, że jest coraz bardziej podenerwowana. Próbowała to maskować, jednak zbyt dobrze ją znałem.

– Nie wiem, powinien już dawno być... – rzuciła i wyszła do kuchni.

Iwona podniosła się, żeby pójść za nią, ale powstrzymałem ją i sam poszedłem za matką. Stała nad zlewem, płakała.

– Miał pójść na godzinę do sąsiada, który go poprosił o pomoc w zamontowaniu świątecznego oświetlenia. Pewnie się upił. Już prawie pół roku wytrzymał. Tak się cieszyłam, że w końcu jest dobrze... – zupełnie się rozkleiła. Przytuliłem ją.

– Poszukać go?

– Nie. Siadaj do stołu. Oby tylko nie narobił wstydu... – Otarła łzy. Objąłem ją i razem weszliśmy do pokoju.

Starałem się nie myśleć o ojcu. Nie chciałem, żeby Iwona była świadkiem rodzinnej scysji. Jedliśmy pyszności przygotowane przez mamę i rozmawialiśmy. Byliśmy rodziną. W rogu pokoju połyskiwały światełka na pachnącej, świeżo ściętej choince. Do pełni szczęścia brakowało tylko trzeźwego ojca.

Na dźwięk przekręcanego w drzwiach zamka matka zesztywniała. Podniosła się, dając znak, bym nie szedł za nią. Po chwili oboje weszli do pokoju. Tato targał wielkie kartony przepasane wstążkami.

— Dobry wieczór, kochani. Przepraszam za spóźnienie, ale to przez prezenty. — Z trudem opanowałem drżenie rąk. Odetchnąłem z ulgą. Był trzeźwy. Oczy mi się zaszkliły, Iwona spojrzała na mnie pytająco. Wziąłem się w garść i spróbowałem się uśmiechnąć. W tym momencie poczułem, że całkiem się rozklejam. Pocałowałem moją dziewczynę w policzek i podszedłem do ojca.

— Cześć, tato. — Mocno go przytuliłem.

— Więcej was nie zawiodę. Obiecuję — wyszeptał, a na głos dodał: — Dla każdego jest jakiś prezent. No, matka, pomóż, bo sam nie dam rady.

Spojrzałem na nią. Wyglądała na szczęśliwą.

To był naprawdę wspaniały, rodzinny wieczór. Miałem nadzieję, że mimo popieprzonej sytuacji związanej z moją rolą w partii „Teraz Zmiana" właśnie zaczynam nowy etap życia.

Wróciliśmy do domu bardzo późno. Otworzyłem czerwone półwytrawne wino i nalałem po lampce.

— Polubiłam twoją rodzinę i dobrze się czułam na Wigilii. Nawet się wzruszyłam, chociaż nie jestem zbyt sentymentalna. Dziękuję za ten wieczór. — Pocałowała mnie w policzek, a potem wzięła napełniony kieliszek.

— Za nas... kocham cię.

Po chwili odstawiliśmy wino i zaczęliśmy się całować. Rozbierała mnie. W telewizji śpiewali kolędy. Namacałem ręką pilota na stole i zmieniłem kanał — transmitowali pasterkę...

— Wyłącz. — Iwona wybuchnęła śmiechem, szamocząc się z paskiem od moich spodni. Wykonałem polecenie i zamknąłem oczy.

Po godzinie wciąż nie miałem dość, ale moja kobieta już opadła z sił. Delikatnie łaskotałem jej gołe plecy, wodząc po nich palcami.

Obróciła się na bok. Popatrzyła mi w oczy i stwierdziła:

— Szkoda, że już nie piszesz. Podobał mi się twój styl, chociaż nie przypuszczałam, iż taki przystojniak jest autorem.

Nie potrafiłem oderwać od niej wzroku.

— Nadal piszę... — Ufałem jej jak nikomu.

— Chyba teksty ulotek dla Lisonia... Podaj mi, proszę, wino. — Nie potraktowała poważnie tego, co powiedziałem.

— Mówię serio. — Podałem jej kieliszek.

— Nie rozumiem... Co piszesz? Gdzie publikujesz? Nic mi dotąd nie mówiłeś!

Patrzyła na mnie pytająco, a w jej oczach widziałem... złość.

155

– Dla swojego i twojego bezpieczeństwa. Zresztą to jest tajemnica. – Było mi głupio, że musiałem przed nią ukrywać tak ważną stronę swego życia.

– Czyli jest coś, o czym nie wiem? – Zdenerwowana usiadła na brzegu łóżka i sięgnęła po papierosa. Podałem jej ogień.

Zacząłem opowiadać. Wszystko, ze szczegółami. Na początku była wściekła, ale gdy skończyłem, miała wypieki na policzkach i błyszczące oczy. „Kiedyś zostanie świetną dziennikarką" – pomyślałem. Na dowód tego, co mówiłem, pokazałem jej w komputerze kilka nieukończonych tekstów Nicpońskiej, które szykowałem do styczniowych numerów „Opinii".

– Ty i Nicpońska to jedna i ta sama osoba? – Nalała sobie kolejną lampkę wina i dodała: – Gdyby Lisoń się dowiedział...

– A jak ma się dowiedzieć? No przecież nie od ciebie.

– To oczywiste, ale... – Nie dokończyła. Zamknąłem jej usta pocałunkiem. Znów zaczęliśmy się kochać. Tylko że tym razem nie było już tak delikatnie.

* * *

– Ile jeszcze potrzebujesz? – Jordan Jaskulski siedział przy komputerze. Nachylał się nad nim Lisoń.

– Półtora miliona. Na kiedy da się to ukręcić? – Przewodniczący zachowywał się nerwowo.

– Gdy tylko przyjdzie kolejna transza, najprościej byłoby złożyć nowe zamówienie w wydawnictwie. Lada chwila zaczynają się wybory do Parlamentu Europejskiego, będą potrzebne materiały reklamowe. Wtedy dobijesz spokojnie do dwóch, może nawet dwóch i pół miliona. – Jordan wodził wzrokiem po arkuszu kalkulacyjnym.

– Do końca miesiąca muszę mieć co najmniej pół miliona. Stań, kurwa, na głowie i coś wymyśl! Masz przecież z tego działkę.

– Skromną działkę, szefie. Skromną…

– Na więcej nie licz, to uczciwe warunki.

Lisoń podszedł do okna i wpatrywał się w wiosenny krajobraz.

– Jeśli dostanę dziesięć procent od tej puli, wtedy wymyślę rozwiązanie. Hmm? – targował się Jaskulski.

– Jeśli wykręcisz pięćset pięćdziesiąt, dostaniesz pięćdziesiąt. Ale tylko tym razem.

– To nie jest dziesięć procent, ale OK. Zrobimy więc taki myk. Przesuniemy płatności kilkunastu firmom. I tak czekają na przelewy po dwa, trzy miesiące. Najbardziej namolnym wyśle się jakąś informację. Już teraz mogę ci powiedzieć, że z tych przesunięć jestem w stanie urwać dla ciebie czterysta tysięcy. – Jordan wykrzywił twarz w triumfalnym uśmiechu.

– Znajdź mi pięćset pięćdziesiąt, a nie gówniane czterysta.

Lisoń nadal stał przy oknie. Nawet się nie odwrócił w kierunku Jaskulskiego.

– Znajdę. Potrzebuję dwóch godzin. A swoją drogą, po co ci nagle aż tyle kasy?

– Książkę piszesz, Jordanku? Dom ładny znalazłem, chcę go mieć.

– Za półtora miliona?

– To tylko zaliczka… Posiadłość na Półwyspie La Parata, idealne miejsce na wypoczynek… – stwierdził Lisoń i podszedł do biurka, przy którym siedział Jaskulski.

– A gdzie to jest, szefie?

– Znajdź se w Google, pacanie. Wykołuj mi pół miliona i zadzwoń, kiedy już sprawę załatwisz.

Przewodniczący popatrzył na Jaskulskiego z politowaniem i skierował się do wyjścia. Zanim jednak nacisnął klamkę, drzwi otworzyły się z impetem i stanęła w nich była żona, Jolanta Banaszak-Lisoń. Szef „Teraz Zmiana" przezornie cofnął się dwa kroki w głąb gabinetu.

– Kto cię tu wpuścił?

– Myślisz, że potrzebuję pozwolenia?! Co ty sobie wyobrażasz? Gdzie są moje pieniądze? – kobieta wrzeszczała, nie przejmując się obecnością szefa biura prasowego.

– Możesz zachowywać się w cywilizowany sposób? – Lisoń wiedział, że w bezpośrednim starciu ze swoją eks nie ma dużych szans.

– Ja dotrzymałam umowy, a ty???

– Jordan, zostaw nas samych! – Przewodniczący nie chciał, żeby ktokolwiek był świadkiem tego spektaklu.

Jaskulski, czerwony na twarzy, pospiesznie skierował się ku wyjściu.

– Powinien pan zostać i dowiedzieć się, dla kogo pracuje. – Jolanta Banaszak-Lisoń zastąpiła drogę szefowi biura prasowego. On jednak sprytnie ją ominął i zwyczajnie uciekł z gabinetu. Nie miał zamiaru uczestniczyć w owym nieformalnym spotkaniu ani chwili dłużej.

– Usiądź, porozmawiajmy. Zrobić ci kawę?

– Nie chcę twojej kawy! Miesiąc temu upłynął termin zapłaty, który został ustalony przez naszych adwokatów...

– Nie ma w tym mojej złej woli. W przyszłym tygodniu otrzymasz pierwszą transzę. Partia ma przejściowe trudności, ja również. Dostaniesz pieniądze. Proszę cię tylko o kilka dni cierpliwości.

– Moja cierpliwość się kończy. Lojalnie cię informuję: dziś spotkam się z dziennikarzem „Superfaktu". Ten wywiad, uprzedzam, zaboli. Jeśli w przyszłym tygodniu nie zobaczę pieniędzy, udzielę kolejnych i tak cię obsmaruję, że na długo mnie popamiętasz – mówiąc to, pani Jolanta wyciągnęła oskarżycielsko palec w kierunku byłego męża.

– Jaki, kurwa, wywiad? Podpisałaś notarialną umowę, że na mój temat nie powiesz publicznie ani słowa. – Lisoń spurpurowiał.

– A ty dotrzymałeś warunków? Ostrzegam cię tylko ten jeden, jedyny raz. Nad wszystkim panuje mój mecenas, więc na pewno nie popełnię żadnego głupstwa. I tobie również to radzę!

Ton, jakim wypowiedziała ostatnie zdanie, nie pozostawiał wątpliwości. Lisoń jak najszybciej musiał jej zapłacić zaległe dwieście tysięcy. Nie mógł już dłużej tego przeciągać.

– Aha… – Jolanta zadała decydujący cios – no i koniec biznesu z moim bratem na dotychczasowych warunkach. Stawka prowizji od każdego twojego zamówienia zostanie zwiększona dwukrotnie.

– Ale… przecież to ja robię interesy z byłym szwagrem. Ma więcej rozumu niż ty i nie miesza spraw zawodowych z prywatnymi. Z pewnością nie złamie warunków umowy. – Przewodniczący z trudem poskramiał swoje negatywne emocje.

– Mylisz się. Od wczoraj jestem właścicielką pakietu większościowego firmy, z którą kręcisz lody. Nie masz więc wyboru. Chyba że zechcesz ryzykować i wiązać się z kimś innym. Nie sądzę, żebyś miał teraz na to czas i możliwości. Czegoś się od ciebie nauczyłam, bydlaku! W przyszłym tygodniu pieniądze mają być na moim koncie.

Skierowała się w stronę drzwi, ale zanim wyszła, odwróciła się i rzuciła przez ramię: – I przeczytaj koniecznie wywiad w „Superfakcie", zanim przyjdzie ci do głowy, żeby coś kombinować z moją forsą!

Gdy Lisoń został sam, natychmiast sięgnął do biurka, nalał sobie sporą porcję koniaku i wychylił ją duszkiem. Usiadł. Musiał odsapnąć. Z rozmyślań wyrwały go słowa Jaskulskiego, który nie wiedzieć kiedy wszedł do gabinetu.

– Wszystko w porządku, szefie? – Jordan miał nietęgą minę.

– Nic, kurwa, nie jest w porządku! Nic! Organizuj kasę jak najszybciej, jasne?! – Przewodniczący wstał i bez pożegnania wyszedł.

Już po chwili jechał na spotkanie z potencjalnym kandydatem do Parlamentu Europejskiego. Był pewien, że jeżeli coś ma się zmienić w trendach poparcia dla partii, kandydaci „Teraz Zmiana" powinni być rozpoznawalni, z charyzmą. Wytypował kilkanaście osób, które miały szansę zostać lokomotywami wyborczymi w nadchodzących wyborach. Znaleźli się wśród nich sportowcy, aktorzy, politycy, dziennikarka radiowa, modelka znana z rozkładówki „Playboya" i właściciel sieci hoteli. Na owej liście figurował też Pan X, narzucony Lisoniowi przez tych, którzy kontrolowali jego najbardziej istotne polityczne ruchy. Przewodniczący nie był zadowolony, ale jako zakładnik tego układu nie miał wyboru. W zamian miał pieniądze. Co prawda, nie tyle, ile potrzebował, ale nie narzekał.

Właśnie z Panem X umówił się niedaleko ambasady amerykańskiej w otwartej ponad rok temu eleganckiej restauracji na ulicy Wilczej. Zawitał do niej po raz pierwszy. Rozejrzał się po niewielkiej sali. Lokal przypadł mu do gustu. Mężczyzna siedzący przy stoliku pod oknem pokiwał na przewodniczącego. Podszedł więc do niego.

– Dzień dobry, proszę usiąść.

Lisoń miał problem, bo nie znał nazwiska osoby, z którą musiał się spotkać. Zresztą w ogóle nie wiedział o niej nic.

– Dzień dobry, panie… panie… – Przewodniczący czekał, aż gość mu się przedstawi.

– Paweł Stawski, ładne nazwisko, prawda?

– Tak, ładne. A prawdziwe? – Lisoń próbował zażartować.

– A co w tym waszym kraju jest prawdziwe, panie Lisoń? – Kandydat na europarlamentarzystę miał dziwny akcent.

– Żeby kandydować, trzeba mieć polskie obywatelstwo. Czy pan zdaje sobie z tego sprawę?

– Oczywiście. Mam polskie. Świeżutkie. Jeszcze pachnące. – Typ roześmiał się i dodał: – Zamówiłem dla ciebie kawę, taką jak lubisz, i szarlotkę. Też lubisz, prawda? – Niespodziewanie zmienił ton i formę na protekcjonalną.

Przewodniczący kiwnął głową. Charakter całemu spotkaniu nadawał Paweł Stawski. Lisonia irytowało jego zachowanie i to, że mężczyzna zdawał się wiedzieć o nim wszystko. Ale to właśnie była cena, jaką płacił za swoją obecność w polityce. Człowiek, którego musiał dołączyć do grona kandydatów do Europarlamentu z ramienia partii „Teraz Zmiana", wręczył mu właśnie swoje CV i informacje niezbędne do umieszczenia go na liście.

– Tu masz jeszcze moją wizytówkę. – Stawski kończył rozmowę. – Daj znać, gdzie i kiedy mam się pojawić. Jakieś konferencje, może coś podpisać będzie trzeba…

Tylko ja nie dysponuję wolnym czasem. Moją obecność musicie więc ograniczyć do minimum. Wywiadów też nie będę żadnych udzielał. Po prostu promujcie mnie tak, żeby dobrze wyszło. OK?

Lisoń przytaknął, a Stawski uścisnął mu dłoń.

– Na mnie pora. Dużo różnych zadań. Do widzenia, Janek.

Przez cały ten czas przewodniczący praktycznie się nie odzywał, tylko słuchał. Znał swoje miejsce w szeregu. Chociaż wcale mu się to nie podobało. Dokończył szarlotkę i dopił kawę. Intensywnie nad czymś myślał. Rozmyślania przerwał mu SMS od Jordana: „Załatwione". Uśmiechnął się.

* * *

Dzień później przypadł mi w udziale zaszczyt przeprowadzenia rozmowy z jednym z kandydatów na europarlamentarzystę. Aktora znanego miłośnikom seriali dla kur domowych miałem przekonać do tego, żeby kandydował z list naszej partii. Moja rola polegała na tym, by godnie reprezentować przewodniczącego „Teraz Zmiana", ponieważ on nie mógł być wszędzie. Ucieszyłem się, bo z jednej strony to wyraz zaufania, z drugiej zaś szansa, żeby Nicpońska uzyskała ciekawy materiał do „Opinii".

Odwiozłem Iwonę na uczelnię i pojechałem na zaplanowane spotkanie. Księgowa partii wypłaciła mi tysiąc złotych gotówką na pokrycie kosztów lunchu. Miałem nie oszczędzać.

Facet wydawał się nijaki. Był zupełnym przeciwieństwem postaci, które kreował w serialach. Ani zabawny, ani sympatyczny, ani mądry. Jedyne, czym się wyróżniał, to rozpoznawalna twarz.

Rozmowa zajęła dobrą godzinę. Aktor kazał sobie zamówić dwudaniowy obiad. Gdy do rachunku dorzuciłem posiłek również dla siebie, limit wydatków niebezpiecznie się skurczył. Obawiałem się, że facet będzie jeszcze chciał się ożłopać drogiego wina. Nie myliłem się. Długo studiował kartę i wybrał najdroższe, jakie mieli. Na szczęście tylko lampkę. Dla siebie wziąłem więc sok pomarańczowy. Konsumował w milczeniu tak łapczywie, jakby od dawna niczego nie jadł. Odnosiłem wrażenie, iż chodzi mu wyłącznie o żarcie i gdy już się obeżre oraz opije, powie, że w dupie ma politykę.

– Pańska partia nie traktuje mnie poważnie, panie…

– Tomasz Dymarczyk – wtrąciłem.

– Na spotkanie zapraszał mnie przewodniczący Jan Lisoń, a wysłał, pan się nie obrazi, jakiegoś Dymarczyka.

Wcale się nie obraziłem, miałem ochotę dać mu w ryj.

– Pan Lisoń odbywa teraz mnóstwo rozmów, naprawdę nie mógł. – Starałem się mimo wszystko być miły dla dupka, który dopijał właśnie wino i ewidentnie przymierzał się do następnego kieliszka.

– Kim pan właściwie jest? – zapytał.

– Szefem struktur partii w Olsztynie. – O swoim zawodzie mu nie wspomniałem, bo właśnie brałem pod uwagę napisanie soczystego artykułu na temat tego palanta.

– Powiem tak, proszę przekazać przewodniczącemu, że rozważę propozycję przyjęcia jedynki i wystartowania w wyborach do Europarlamentu. Jednak pan Lisoń osobiście będzie musiał się pofatygować, żeby ze mną porozmawiać.

Aktorzyna miał bardzo wysokie mniemanie o sobie. Nie wiem, co mnie podkusiło, ale wbrew logice i zaleceniom partyjnej góry nabrałem chęci, by utrzeć mu nosa.

– Jedynkę? Ta jest już obsadzona. Jedyne, na co może pan liczyć, to druga pozycja na liście wyborczej. Myślałem, że pan wie.

Ku mojej radości gość nabierał soczystych pomarańczowo-czerwonych kolorów.

– Co?! Pan chyba kpi! Mowy nie ma! W takim razie proszę przekazać Lisoniowi, żeby się walił. Pieprzę tę waszą partię! Szkoda mojego czasu.

Wstał, nie pożegnał się ze mną i poszedł w kierunku szatni. Spokojnie dokończyłem obiad. Potem wyjąłem iPhone'a i zadzwoniłem do przewodniczącego. Nie odebrał. Powoli dopijałem kawę i patrzyłem przez okno. Z satysfakcją obserwowałem, jak aktor stoi na deszczu i moknie, czekając na taksówkę. Palił nerwowo papierosa. Roześmiałem się. Telefon zaczął wibrować. Dzwonił Lisoń.

– Cześć, Janku, jestem właśnie po spotkaniu z twarzą serialu „Wichry przeznaczenia". Porażka!

– Co, nie zgodził się? – Lider nie wydawał się przejęty.

– Kazał ci przekazać, żebyś się walił. A wcześniej zżarł dwudaniowy obiad. Chyba ma coś nie tak z głową. Według mnie powinieneś się cieszyć, że nie chce kandydować – mówiłem i morda sama mi się śmiała.

– A to kurwa telewizyjna! Niech się sam wali! Tomku, poszukaj kogoś na jego miejsce, aha, i wpisałem cię na listę kandydatów w twoim okręgu. Ale teraz dam ci dwójkę. W ostatnich wyborach miałeś piątkę. Doceń to! Cześć! – Rozłączył się.

Mam znaleźć kogoś na miejsce tego serialowego ćwoka? Przewodniczący Lisoń z jakiegoś powodu uznał mnie za osobę, która idealnie się nadaje, by wykonać to zadanie. Czyżby nagle docenił moje umiejętności? Nieoczekiwanie dał mi też drugą pozycję na liście wyborczej. A to było coś. Chociaż prywatnie politykę miałem już serdecznie gdzieś, w tym momencie zadziałał atawistyczny owczy pęd i w moim umyśle wyzwoliła się chęć rywalizacji. Coś w rodzaju politycznej gorączki. Zacząłem kalkulować. Jeśli jedynką zostanie osoba uznana przez Lisonia za wartościową, a w praktyce będzie beznadziejna, wtedy szanse dla kandydata numer dwa automatycznie urosną. A to przecież ja miałem być dwójką na liście i to ja miałem znaleźć kogoś na miejsce numer jeden. Okoliczności zaczęły mi więc sprzyjać.

Zapłaciłem kelnerce za obiad. Siedemset dwadzieścia trzy złote. Zostawiłem dwadzieścia napiwku i udałem się do wyjścia.

Jeszcze tego samego dnia koniecznie chciałem umówić się z Bogdanem. Zadzwoniłem do niego, ale był niedostępny. Pewnie przygotowywał w terenie jakiś materiał do gazety i w wolnej chwili oddzwoni. Zawsze tak robił. Postanowiłem w międzyczasie pojechać do biura partii, aby rozliczyć rachunek za lunch.

Akurat zdążyłem załatwić formalności z księgową, gdy odezwał się mój przyjaciel. Wracał do domu. Był skonany, ale ponieważ miałem pilną sprawę, kazał mi od razu przyjechać.

– Muszę wiedzieć, o co chodzi z Lisoniem – zacząłem bez wstępów. – Tylko nie mów, że przekazałeś mi komplet informacji. Cała jego obecność w polityce śmierdzi na kilometr. A ja w dodatku w tym siedzę...

– Chcesz kawy? – zapytał i od razu dodał: – Co mam ci powiedzieć?

Stał przy kuchence i czekał, aż zagotuje się woda. Nie odwrócił się do mnie.

– Powiedz prawdę. Co ten gość kombinuje? Dlaczego się spotyka ze służbami? Kim on jest, Matą Hari?

– Wszystko, co dzieje się wokół Lisonia, to nie film ani powieść sensacyjna. Niestety. Kupa gówna... – Bogdan podał mi kubek. – Nie mam mleka...

– Wypiję czarną. Na życzenie starego figuruję w tej partii i w niej działam. Nie uważasz, że powinienem usłyszeć od ciebie parę słów więcej?

Coś ukrywał i to irytowało mnie coraz bardziej. Poczęstował mnie papierosem. Wyraźnie grał na zwłokę.

— Powiem ci, przyjacielu... I tak zbierałem się, żeby w końcu to zrobić. Masz rację, wiem więcej. Ale nie miej do mnie pretensji. Większość szczegółów poznałem niedawno... — Zaciągnął się dymem.

Milczałem. Wciąż czekałem na konkrety.

— Pamiętasz sprawę Wacława Piątera?

— Pewnie, że pamiętam. Wdarł się na salony, stworzył partię, przebojem wszedł do rządu kilka kadencji temu.

— A to jak skończył?

— Marnie, polityka jest nie dla każdego. Niektórzy nie wytrzymują — stwierdziłem z przekąsem.

— Pewnie więc pamiętasz również pogłoski, że inicjatorami powstania jego formacji byli ludzie ze służb specjalnych.

— Przestań opowiadać bajki. Różnie o sprawie Piątera mówiono, nawet film powstał, ale ja nie jestem specjalistą od teorii spiskowych.

— Twój Lisoń pracuje dla tych samych ludzi, z którymi kiedyś powiązany był Piąter. Dlatego nie skończy dobrze. Stary jest tego pewny. I ja się z nim zgadzam.

Znałem Bogusia jak nikogo innego. Nie fantazjował.

— Mówisz serio? — Przedstawiona przed chwilą teoria nie wydawała mi się jednak przekonująca.

– Jak najbardziej. Nie obraź się, wy działacze jesteście pionkami, które Lisoń dowolnie ustawia na swojej szachownicy. Ty oczywiście masz o wiele lepszą pozycję, bo w przeciwieństwie do reszty ludzi w jego partii spełniasz trochę inną rolę... – Zawiesił głos, chciał chyba coś dodać, ale mu przerwałem.

– Nie rozumiem, po cholerę przewodniczący „Teraz Zmiana" miałby się bawić w układy ze służbami? Stworzył formację, szefuje największej partii opozycyjnej w parlamencie. Jakieś biznesy kręci na boku... Po co?

– Bez ich pomocy nie udałoby mu się coś, co wygląda na polityczny cud. W polskiej polityce cudów, Tomaszu, nie ma. Istnieje tylko ten, na który pozwala... czekaj, jak to się ładnie mówi? Grupa trzymająca władzę. Wpuścili go do Sejmu, bo oczekują, że będzie robić wszystko, czego zażądają.

– Mam uwierzyć w te brednie? Co to ma być? Pieprzone „House of Cards"?

– Napijemy się? Kasia z dzieciakami jest u rodziców...

Zadzwoniłem do Iwony. Powiedziałem, żeby na mnie nie czekała, bo wrócę późno i że ją kocham. Była wyrozumiała.

Czym dłużej rozmawiałem z Bogdanem, tym wyraźniej docierał do mnie obraz naszej politycznej rzeczywistości. Nie należałem do grona idiotów, doskonale zdawałem sobie sprawę, że ci, którzy na co dzień w telewizyjnych debatach toczą zaciekłe, polityczne spory, w kuluarach dogadują się bez problemu, a później siadają razem i piją wódkę albo posuwają te same panienki. Było dla mnie oczywiste, iż większość obywateli ogląda wyłącznie cień rzeczywistości, biorąc go za prawdę. O jaskini Platona dowiaduje się każdy student politologii na pierwszym roku i każdy, kto zetknął się choć trochę z prawdziwą polityką. Jest brudna, wiedziałem to. Nie przypuszczałem jednak, że przypomina ustawiony mecz piłkarski. Gdzie wynik zna wąskie grono wtajemniczonych, którzy zarabiają na tym największe pieniądze. W połowie drugiej butelki wódki miałem dość. Historii opowiedzianych przez Bogdana również. Tego, że Lisoń z partyjnych pieniędzy właśnie kupił sobie dom w ciepłych krajach; że prawie wszystko, co robi i mówi, nie ma większego znaczenia, bo jest narzędziem w rękach partii rządzącej i jej pomagierów; że polityczni towarzysze poza nielicznymi wyjątkami wcale się od niego nie różnią; że ważne są dla niego wyłącznie blichtr i pieniądze, dla których jest gotów posunąć się do podłości. Czułem się z tą wiedzą fatalnie.

– Po tym, co usłyszałem, mam ochotę pieprznąć Lisonia i jego formację choćby jutro – stwierdziłem.

– Wytrzymaj. Szef rozmawiał z prezesem koncernu. Tak jak ci obiecał, będziesz zastępcą naczelnego „Opinii" już na początku przyszłego roku. To miała być niespodzianka, ale nastrój, jak widzę, masz parszywy, więc ci mówię.

Nagle zerwałem się i popędziłem do łazienki – nie wiem, czy przez nadmiar emocji, czy wódki.

Rano obudziłem się z megakacem. Głowa mi pękała. Bogdan przyniósł kubek gorącej kawy. Na fajki nie mogłem patrzeć.

– Żyjesz, przyjacielu?

– Chyba tak – wyjęczałem.

Po kilku minutach byłem na nogach. Coś mi się przypomniało.

– Potrzebuję kandydata do Europarlamentu. Masz jakiś pomysł?

– Skoro jeszcze trochę musisz się pobujać w partii, trzeba politycznie działać... – roześmiał się – zatem jakiego kandydata potrzebuje Lisoń?

– Nie Lisoń, ja potrzebuję. To musi być osoba, która tylko pozornie ma szansę wygrać. Ktoś o znanej twarzy, kto jednocześnie jest dość kiepski – mówiłem mało składnie. Przełknąłem łyk kawy i starałem się zebrać myśli.

– Mów jaśniej, bo nie chwytam. – Bogdan też miał kaca, jednak był w dużo lepszej kondycji.

– Lisoń dał mi dwójkę i polecił znaleźć rozpoznawalną jedynkę. Wykombinowałem, że jeśli będzie dość słaba, to zbiorę więcej głosów. Wkręcę się do prowadzenia kampanii osoby, która zostanie wyborczą lokomotywą, i w ten sposób coś ugram dla siebie. A może dwie osoby dostaną się do Europarlamentu?

– No wreszcie pojąłem, w czym rzecz. Postaram się pomóc. Widziałaś ostatnie sondaże? „Teraz Zmiana" coraz bardziej traci. Wątpię, żeby coś z tego wyszło. Chociaż

171

warto próbować. Daj mi pomyśleć, odezwę się. Masz sugestie, za kim się mam rozglądać? Może jakiś aktor?

– Tylko nie aktor, błagam. Z jednym już rozmawiałem. Sportowiec, cyrkowiec, dziennikarka, iluzjonista... ale nie aktor! – żachnąłem się.

– Stanę na głowie, przyjacielu. Obiecuję. Wytrzymasz jeszcze w tym szambie?

– A mam inne wyjście?

Boguś nie odpowiedział, tylko poszedł zrobić śniadanie. Gdy wrócił, coś przyszło mi do głowy. Odpiąłem od kluczy pamięć USB i dałem mu.

– Co to jest?

– Nieopublikowane artykuły Nicpońskiej, choć nie tylko. Teksty, których nie zdecydowałem się wysłać, bo wiedziałem, że nikt ich nie puści. Plus całkiem pokaźne materiały źródłowe, skany dokumentów, zdjęcia i nagrania z dyktafonu. Jeśli znalazłbyś wydawcę, można by z tego zrobić niezły bestseller. Oczywiście, gdy już nie będę miał z Lisoniem nic wspólnego. Tak czy inaczej na wszelki wypadek wolałbym, żebyś ty też miał to u siebie.

– W porządku, rozumiem. Znam paru prężnych wydawców. Może książka to niegłupi pomysł... – stwierdził i przypiął nośnik do swoich kluczy.

* * *

Gdy dotarłem do domu, Iwony nie zastałem. Nie zdziwiłem się, zważywszy na porę. Zapewne miała wykłady.

Mieszkanie lśniło czystością, a na kuchence stał garnek ciepłej jeszcze zupy na mleku kokosowym, mojej ulubionej. Nalałem sobie trochę do miseczki, była świetna na kaca. Zjadłem i poczułem się zdecydowanie lepiej. Rozsiadłem się wygodnie w fotelu i wtedy zaczął brzęczeć telefon. Nie znosiłem dzwonków, zbyt często zakłócały ciszę, której na co dzień mi brakowało. Dlatego właśnie od pewnego czasu w iPhonie ustawiłem wibracje. Dzwonił Marcin Pilak.

– Możesz przyjechać do biura?

– Koniecznie dziś? – Nie miałem ochoty na jakiekolwiek spotkania. Czułem się jak zombie.

– Koniecznie, koniecznie… – facet odebrał mi nadzieję na spokojne popołudnie.

– Będę za godzinę, pasuje?

Pasowało. Powlokłem się do łazienki. Ogoliłem się, wziąłem prysznic, a potem przebrałem się w świeże ciuchy. Wyglądałem zdecydowanie lepiej. O piętnastej stawiłem się w biurze partii. Było tłoczno. Posiedzeniu przewodniczył Pilak wspierany przez kosmitę Jaskulskiego. Sprawa dotyczyła nadchodzących wyborów do Europarlamentu. Mogłem się tego spodziewać. Były szansą na poprawę notowań partii i przełamanie impasu, w jakim się znajdowała. Jana Lisonia nigdzie nie zauważyłem.

– Przepraszam, że poprosiłem was tak nagle. Nie ma wszystkich szefów okręgów ani kompletu posłów, jednak na prośbę przewodniczącego musimy ustalić kilka ważnych kwestii. – Pilak produkował się, aż miło. – Natychmiast po przygotowaniu kompletu list wyborczych, decyzją zarządu krajowego, partia ma zamiar wydrukować specjalną gazetę, po czterdzieści tysięcy egzemplarzy na okręg.

W tym momencie znacząco spojrzał w moim kierunku. Błyskawicznie przeliczyłem. Ponieważ w wyborach europarlamentarnych Polska podzielona jest na trzynaście okręgów, dawało to imponujący nakład ponad pół miliona egzemplarzy. Z pewnością szwagier przewodniczącego będzie zadowolony! Do tego dochodziły plakaty, banery reklamowe, bilbordy. Skromnie licząc, zlecenie na kilka milionów złotych.

Zostałem poproszony, a w zasadzie wskazany, żeby zająć się napisaniem większości artykułów do owych gadzinówek. Miałem też pomóc przy zredagowaniu całości. Ponieważ usłyszałem deklarację, że usługa będzie odpłatna, zgodziłem się. Chociaż nie mogę powiedzieć, żebym był z tego powodu szczęśliwy.

Każdy z szefów okręgów otrzymał pakiet dokumentów oraz instrukcje potrzebne do rejestracji list wyborczych. Niektórzy dostali już skompletowane listy z nazwiskami narzuconymi przez zarząd krajowy. W kilku przypadkach doszło więc do ożywionej dyskusji i głosów sprzeciwu. Lwią część tych protestów stłumił w zarodku Jaskulski. Bardziej wkurzonym zaproponował terminy spotkań, na których wątpliwości i zarzuty miały zostać wyjaśnione.

Obecna na zebraniu posłanka Karolkiewicz nagle zgłosiła się, by zabrać głos. Z pewnością nie była trzeźwa.

– Ja chcę tylko zadeklarować, że do Parlamentu Europejskiego się nie wybieram, pragnę pełnić zaszczytną funkcję w naszym, polskim Sejmie. Dziękuję. – Usiadła.

W tym momencie rozległ się śmiech kilku działaczy i zaczęły padać niewybredne komentarze na temat problemów alkoholowych Karolkiewicz.

Gdy narada dobiegła końca, dochodziła siedemnasta. Pożegnałem się, zabrałem swój pakiet dokumentów i po godzinie jazdy przez zakorkowane miasto dotarłem do domu. W mieszkaniu było pusto. Włączyłem ekspres i usiadłem przed telewizorem. Pokazywano właśnie przedwyborcze sondaże. „Teraz Zmiana" miała wynik na poziomie siedmiu procent. I tak więcej niż jeszcze tydzień temu, kiedy poparcie dla partii oscylowało na poziomie pięciu. Być może kilka ostatnich, dobrze odebranych przez opinię publiczną, wystąpień Lisonia miało na to wpływ. Zresztą przewodniczący zawsze sugerował, by sondażami się nie przejmować. Miał rację, bez wątpienia najważniejszym i prawdziwym sprawdzianem nastrojów politycznych okazywały się wybory.

Usłyszałem dźwięk klucza w zamku. Iwona wróciła. Seksownie ubrana, budziła we mnie zwierzęcy instynkt.

– Cześć, kochanie, co tak długo? Masz ochotę na kawę, coś do jedzenia? – zapytałem.

– Nie, zjadłam obiad z koleżankami.

Podszedłem i pocałowałem ją. Poczułem alkohol.

— Chyba nie tylko obiad? — Ogarnęła mnie złość.

— Oj, wypiliśmy też po dwa drinki. Chyba się nie gnie-wasz? — Objęła mnie.

— Wypiliśmy? Jeśli bawiłaś się tylko w gronie koleżanek, poprawna forma powinna brzmieć: wypiłyśmy. Hmm?

— Było jeszcze dwóch kolesiów od nas z roku. Tomuś, jesteś zazdrosny? Kręci mnie to…

Zaczęła mi odpinać pasek od spodni. Nie przeszkadzałem jej. Chciałem, by się mną zajęła.

Późnym wieczorem usiadłem do komputera i zacząłem pisać nowy tekst Nicpońskiej. Kolejny termin naglił. Iwona zwykle mi nie przeszkadzała, gdy pracowałem, ale tym razem stanęła z tyłu i spoglądała mi przez ramię.

— Mogę poznać nowe dzieło Nicpońskiej? — Gładziła mnie po karku.

— Nic specjalnego, o nadchodzących wyborach. Nawet nie aż tak zgryźliwe jak na jej możliwości. — Zaśmiałem się, nie przerywając pisania.

— Będę mogła przeczytać, gdy już skończysz? Bo, jeśli się nie mylę, to dopiero początek.

Kiwnąłem głową. Ufałem Iwonie. Po godzinie udostępniłem jej miejsce przy komputerze. Była zajęta czytaniem, kiedy zadzwonił Boguś.

— Mam dla ciebie człowieka! Przewodniczący stowarzyszenia „Samotny Tata"… — Boguś czekał na moją opinię.

— Co to za stowarzyszenie?

– Zgodnie z nazwą skupia ojców, którzy samotnie wychowują dzieci. Facet jest bardzo aktywny, rozpoznawalny, jedyny jego problem: gdy się nakręci, emocje go ponoszą. Typ choleryka, ale przecież każda jego wada to akurat plus dla ciebie.

– Wyślij mi kontakt do niego. Umówię się na spotkanie. Myślisz, że byłby zainteresowany startem w wyborach?

– Raczej tak. Jeśli zaistnieje w polityce, będzie mógł bardziej aktywnie walczyć o prawa ojców. Barwna postać, ale niekoniecznie musi wygrać, przy nim mógłbyś mieć większe szanse. Zaraz wyślę ci SMS-em jego wizytówkę. Trzymaj się.

Bogdan się rozłączył. Po minucie miałem namiary na Dariusza Golskiego, prezesa stowarzyszenia „Samotny Tata".

– Kto dzwonił, kochanie? – Iwona wyłączyła komputer.

– Boguś. Szykuję się na wybory do Europarlamentu, a on mi pomaga w jednej sprawie. Mówiłem ci, że dostanę dwójkę na liście?

– Mówiłeś, ale wiesz, polityka mało mnie interesuje. Lepiej, żebyś pisał. Jakbyś dostał numer jeden, może miałbyś szansę, a tak tylko zmarnujesz czas. – Pocałowała mnie w policzek i poszła do łazienki. Po chwili słyszałem, jak nalewa wody do wanny. Postanowiłem nie zwlekać, tylko od razu zadzwonić do samotnego taty. Odebrał telefon. Umówiliśmy się w „Arkadii" na następny dzień, na dziesiątą rano. Zadowolony poszedłem do łazienki. Nabrałem chęci na wspólną kąpiel z Iwoną.

Z Dariuszem Golskim spotkałem się w jednej z kawiarni na parterze. Od razu przedstawiłem mu propozycję. Facet sprawiał pozytywne wrażenie. Dużo wiedział na temat partii, jaką reprezentuję.

– Dlaczego miałbym startować z warmińsko-mazurskiego? Jestem przecież z Warszawy? – zapytał.

Kiedyś zadałem takie samo pytanie, dlatego dziś sprawnie wytłumaczyłem rozmówcy zawiłości politycznych reguł i zależności. Tak naprawdę w pół godziny przeprowadziłem przyspieszone polityczne szkolenie. Był inteligentnym gościem, prezentował się dobrze i rzeczywiście kojarzyłem go z telewizji, debat, w których uczestniczył, i licznych pikiet pod Sejmem. Miał siedmioletnią córkę Dorotkę. Matka dziewczynki skutecznie ograniczyła mu kontakty z dzieckiem, do tego stopnia, że ostatni raz widział małą ponad rok temu. Zrobiło mi się go szkoda. Postanowiłem mu pomóc. Tym samym olać swoje polityczne aspiracje. Były jak wirus, ale rozmowa z Golskim skutecznie mnie z niego wyleczyła.

– Zatem jest pan zainteresowany? Jeśli zdobędzie pan mandat poselski, będzie mógł pan zrobić znacznie więcej dla sprawy, o którą walczy. Dla siebie i innych.

– To, co usłyszałem, brzmi logicznie – odpowiedział.
– Przekonał mnie pan, zwłaszcza że nic nie mam do stracenia. Mogę tylko zyskać. Być może wreszcie wywalczę prawo do spotkań z córką.

Golski miał łzy w oczach.

— Muszę wstąpić do partii, prawda? — zapytał. — Mam podpisać jakieś dokumenty?

Facet był gotów sprzedać nawet własną duszę, żeby tylko móc widywać dziecko. Ścisnęło mnie w dołku. — Nie ma takiej potrzeby. Może pan startować w wyborach jako niezależny kandydat, którego wystawia „Teraz Zmiana". Chyba nawet tak będzie lepiej. — Nie chciałem, żeby facet zapisywał się do partii. Ważne, by wygrał. Podałem mu do wypełnienia dokumenty. Poprosiłem o przesłanie życiorysu i informacji na temat jego działalności w stowarzyszeniu. Zamierzałem je wykorzystać w materiałach wyborczych. Pod koniec rozmowy przeszliśmy na ty. Przez kolejne pół godziny słuchałem opowieści o batalii, którą toczył z byłą żoną o prawo do widzeń z własnym dzieckiem. Gdy skończył, poczułem, jak ciężkie brzemię nosił w sobie od lat. Cieszyłem się, że dzięki Bogdanowi poznałem tego człowieka.

Od razu po spotkaniu pojechałem do siedziby partii zawieźć papiery. Na korytarzu spotkałem Lisonia. Dawno go nie widziałem, jak zwykle był w ciągłym biegu.

— Cześć! Co z poszukiwaniami kandydata do Europarlamentu, Tomaszu? Do przyszłego tygodnia musisz kogoś znaleźć. Brakuje jedynek już tylko w trzecim, szóstym i dwunastym okręgu. Dasz radę? Liczę, że nie zawiedziesz mojego zaufania — mówił szybko, spoglądając na zegarek.

Weszliśmy do biura.

– Mam człowieka i jego zgodę na kandydowanie. Właśnie jestem po rozmowie.

– Chodź do mojego gabinetu.

Minęliśmy pracowników i posłankę Karolkiewicz, która uśmiechała się od ucha do ucha.

– Za dużo pijesz, kochana, za dużo. – Przewodniczący pogroził jej palcem, a ona od razu przestała się szczerzyć. Lisoń zamknął drzwi.

– Kogo znalazłeś? – Usiadł w fotelu za solidnym, dębowym biurkiem.

– Szef stowarzyszenia „Samotny Tata", Dariusz Golski. Świetna kandydatura! – Próbowałem go zarazić swoim entuzjazmem.

– Kojarzę, rzeczywiście dość rozpoznawalny... Wstąpi do partii? Zrobilibyśmy konferencję. Zdobylibyśmy dodatkowe punkty. Stanąłby obok mnie przed kamerami...

– Szef partii bacznie mnie obserwował.

– Na to nie chciał się zgodzić, ale zapewniam cię, jest świetny. Nienaganna wymowa, prezencja, często występuje w telewizji. Walczy o prawa ojców. Brałbym go w ciemno. – Zachęcałem na wypadek, gdyby jednak Golski nie przypasował przewodniczącemu.

– Szkoda, że nie wstąpi. Spróbuj go przekonać.

Zanim cokolwiek zdążyłem powiedzieć, dodał: – A co z tym aktorem? Dzwoniłem do niego, ale przestał odbierać telefony. Większość jedynkę bierze z pocałowaniem w rękę, przecież pensja w Europarlamencie to kilkadziesiąt tysięcy złotych. Może byś jeszcze z nim porozmawiał?

Wyraźnie coś mu nie pasowało. Jeśli mam pomóc Golskiemu, szybko powinienem Lisoniowi wybić z głowy aktorzynę.

– Pamiętasz? Kazał ci się walić. Gość ma nierówno pod sufitem. Za duże ryzyko, żeby cokolwiek z nim realizować. A już na pewno nie w polityce...

– Dobrze, niech już będzie ten wojujący ojciec. Ty jesteś dwójką, więc mam nadzieję, że też zrobisz dobry wynik. Liczę na ciebie. – Podał mi rękę, tym samym kończąc spotkanie.

Rozdział 9

Domek w Bieszczadach znajdował się na odludziu. Wokół wzniesienia i lasy. Zimową porą nikt nie miał szansy tu dojechać. Teraz, wiosną, nie stanowiło to problemu. Lisoń tym razem wybrał się w drogę bez kierowcy, odczuwał więc zmęczenie. Jednak gdy dotarł na miejsce, natychmiast zapomniał o trudach podróży. Ależ tu pięknie! Spojrzał na telefon, nie było zasięgu. Samochód zostawił na podjeździe i skierował się do okazałego drewnianego domu. Nie musiał stukać do drzwi, ktoś od razu je otworzył. Wszedł do środka.

– Napijesz się czegoś? – zapytał gospodarz. Miał prawie dwa metry wzrostu, twarz boksera i szramę na lewym policzku. Ćmił cygaro.

Lisoń pierwszy raz widział faceta, choć ten zwracał się do niego, jakby się znali od lat.

W kominku płonęły polana brzozowego drewna. Dom był schludny i czysty, tak jakby przed chwilą opuściła go ekipa sprzątająca.

– To zależy, ile czasu zajmie spotkanie…

– Sporo, Janku, sporo… – mówiąc to, mężczyzna sięgnął do barku i do kryształowych szklanek nalał whisky.

Usiedli w fotelach pokrytych baranią skórą.

– Przechodzimy do kolejnego etapu, panie przewodniczący – rozpoczął rozmowę gospodarz, wypuszczając przy tym ogromny kłąb dymu.

– Czekam na szczegóły.

– Wszystko w swoim czasie. „Pierwszy" narzeka co prawda na twój porywczy charakter i brak ogłady, ale jest bardzo zadowolony ze współpracy.

– A dokładniej? – Lisoń się zainteresował.

– Mam na myśli dobrą robotę z przepchnięciem ustawy o podniesieniu wieku emerytalnego, co chwilowo uratowało sytuację. I nie chodzi wyłącznie o kwestię finansów publicznych, ale o pozycję rządu.

– Nic w tym nadzwyczajnego. – Lider partii „Teraz Zmiana" poczuł się pewniej. – Należało to zrobić. Kwestia odpowiedzialności. Natomiast pomysł z podwyższeniem podatków, przyznaj, był chybiony.

– Owszem, ale od tego i tak nie uciekniemy. Niedługo trzeba będzie wrócić do radykalnych rozwiązań. Może jeszcze nie w bieżącej kadencji, jednak…

– Ludzie tego nie wytrzymają! Zabijecie mały i średni biznes. Oszczędności szukałbym gdzie indziej. – Lisoń wydawał się poruszony. Wychylił połowę zawartości szklanki.

– Nie masz lodu? – Skrzywił się.

– Generator włączamy tylko wtedy, gdy jest to konieczne. Osobiście wolę letnią whisky, a nie zimną. Doceń bukiet. – Wielkolud wreszcie się uśmiechnął.

– Nie ty jesteś szefem gabinetu – wrócił do tematu – więc finanse państwa i opinia publiczna to nie twoje zmartwienie. Masz określone zadania i twoją rolą jest pomagać. Natomiast odpowiedzialność za całość spoczywa na kimś innym.

– Rozumiem, mówię tylko, co myślę.

– Druga kwestia. Musiałeś walnąć z sejmowej mównicy o krwi na rękach, którą ma Staszek Iwański? Chłopie, Iwański u „pierwszego" płakał jak dziecko. Niestety w tę akurat sprawę nie tylko ten stary, czerwony pierdziel jest umoczony. Poruszyłeś kupę gówna i ubodłeś kilka najważniejszych osób w państwie. I o to „pierwszy" ma do ciebie największy żal.

– Muszę dbać o swój elektorat, oczekują tego ludzie. Powiedziałem przecież prawdę.

– A dla kogo dzisiaj ważna jest prawda? Wiesz, na czym polega interes państwa? Myślisz, że kogoś, kurwa, obchodzi kilku ciapatych? Tak chcesz robić politykę? Popierdoliło cię?! Pomyśl chwilę. Za kilka tygodni rozpoczyna się kampania wyborcza do Europarlamentu. Kto z tobą zechce współpracować? Jakie koalicje można zawrzeć, na czyje dobre słowo liczyć, gdy się odpierdala takie numery? Jedyne, czego dziś możesz się spodziewać, to góra kilka mandatów. Musisz dogadać się z Iwańskim, jakoś go udobruchać! Jeśli załagodzisz ten incydent, a właśnie takie jest zalecenie, premier obiecał, że w trakcie kampanii „Teraz Zmiana" będzie mogła liczyć na dobre traktowanie... Polityczne i medialne.

– Może mam jeszcze koalicję zawiązać z Iwańskim? – Lisoń dolał sobie alkoholu.

– To byłoby najlepsze rozwiązanie. On zresztą mimo oporów już potwierdził, że się zgodzi. Ale oczekuje przeprosin. Dla szeroko rozumianego dobra wycofaj się z tego, co mówiłeś. Masz szczególne zdolności mącenia ludziom w głowach, więc teraz odkręć sprawę. Skorzystasz na tym, uzyskasz lepszy wynik wyborczy, wzmocnisz swoją pozycję i będziesz miał więcej kasy. A potrzebujesz jej, nie? Tak przy okazji – dodał – piękny dom... naprawdę podziwiam twój gust.

– Jaki dom? – Przewodniczący zapytał, choć nie był zaskoczony. Ci ludzie wiedzieli wszystko.

– Nie zgrywaj durnia. Na Korsyce. Też kiedyś sobie coś takiego zafunduję, na skarpie, z widokiem na zatokę. Ale już chyba na emeryturze. Przejdę wcześniej, mam taką możliwość. Praca mnie mocno wyczerpuje.

Agent nalał sobie kolejną szklaneczkę.

– Czy skończyliśmy na dziś? – zapytał Lisoń z nadzieją. – Po drodze widziałem piękny zajazd, wyruszyłbym już w drogę powrotną. Może tylko się przejdę, żeby się przewietrzyć.

– To jeszcze nie koniec. Poza tym dziś nocujesz tutaj. Wieczorem przyjedzie Iwański. Ustalicie zasady i formę współpracy. Zanim pójdziesz na spacer, poczekaj – wielkolud spojrzał na zegarek – za pół godziny przywiozą obiad. Firma ma świetny catering.

Lisoń był zaskoczony. Nie planował ani noclegu, ani rozmowy o koalicji z liderem trzeciego co do wielkości opozycyjnego ugrupowania. Wyciągnął papierosa i zapalił.

– Spotkanie z czerwonym prykiem to jedyna niespodzianka czy może macie dla mnie coś ekstra?

– Po wyborach, bez względu na wynik, stracisz kilkunastu posłów, przejdą do partii rządowej i koalicyjnej... Taka jest decyzja „pierwszego". Podjęli ją z premierem. – Gospodarz łyknął jakąś pastylkę i popił whisky. – Chcesz też?
– Co to jest?
– Coś na wzmocnienie, podrasowane witaminy, od razu poczujesz się lepiej. A czeka nas długi i pracowity dzień.

Lisoń wziął pastylkę, obejrzał z każdej strony i po chwili wahania połknął, nie popijając. Był zdenerwowany.

– Możesz powiedzieć, dlaczego stracę posłów? Oddanych mi ludzi... Czemu ma służyć ten ruch?

– Oddanych? Kilku kupiliśmy za kasę, zupełnie jak ciebie, Janku. Paru za władzę, jeszcze inni... – tu spojrzał znacząco na przewodniczącego – są od nas. A po co taki ruch? Premier chce się wzmocnić przed wprowadzeniem nowych, niepopularnych ustaw. To wszystko. Jakbyś był bardziej przewidywalny, nie zrobiłby ci tego psikusa. Ot i nauczka. – Roześmiał się i dodał: – Możesz dalej działać. Bądź bardziej okrzesany, a pozwolimy ci rozwinąć skrzydła.

Wielkolud podszedł do okna. Odchylił firankę. Na podjazd wjechała właśnie szara furgonetka.

– Obiad przywieźli. Przejdź na chwilę do drugiego pokoju – powiedział.

Lisoń wykonał polecenie. Przez drzwi słyszał ściszoną rozmowę przyjezdnych, ale dochodziły do niego tylko pojedyncze słowa. Po kilku minutach furgonetka odjechała, a on został przywołany do salonu.

– Spokojnie zjemy. Potem jeszcze porozmawiamy. Jeśli masz ochotę, możesz się przejść, spacer dobrze ci zrobi. Jednak przed dziewiętnastą musisz wrócić, bo przyjedzie twój czerwony przyjaciel.

Zadowolony gospodarz zaczął rozpakowywać pakunki z jedzeniem.

* * *

Kampania trwała w najlepsze. Rzutem na taśmę przewodniczący „Teraz Zmiana" w świetle jupiterów zawarł umowę koalicyjną z liderem lewicowej, opozycyjnej partii, wywołując niemałe zamieszanie na polskiej scenie politycznej. Prawica kpiła z porozumienia, wytykając wcześniejszą szorstką przyjaźń liderów, którzy jej zdaniem doprowadzili do zwarcia szeregów, mając na względzie wyłącznie polityczne kalkulacje. Komentarze dziennikarzy były umiarkowanie przychylne komitywie Lisonia i Iwańskiego. Działacze „Teraz Zmiana" w trakcie ogólnopolskich spotkań wyrażali swoje obawy związane z zawarciem umowy o współpracy, ale dość szybko ulegli perswazji zarządu krajowego i logicznej argumentacji szefa.

Nicpońska do ogłoszenia wyników dostała długi, bezpłatny urlop. Nie pytałem starego, dlaczego, bo nawet było mi to na rękę. Miałem mnóstwo pracy związanej z opracowywaniem materiałów prasowych do wyborczych gazet naszej formacji.

Góralczyk pisał nieprzerwanie. O znakomitym politycznym wyczuciu przewodniczącego „Teraz Zmiana", o pozytywnej metamorfozie wizerunku i retoryki lidera największej opozycyjnej partii, a także o politycznej nadziei, która przekładała się na powolny, aczkolwiek stabilny wzrost w sondażach nowego tworu politycznego. Zostałem koordynatorem kampanii do Europarlamentu Dariusza Golskiego. Gdy go o tym powiadomiłem, ucieszył się i bardzo podziękował. Na szefa jego biura prasowego zaproponowałem Mateusza Królika. Choć młody, nabrał już doświadczania oraz umiejętności, które miałem zamiar efektywnie wykorzystać w promowaniu naszej wyborczej lokomotywy. Partia nie żałowała pieniędzy. Przygotowanie, druk i kolportaż materiałów reklamowych, gazet, plakatów oraz ulotek kosztowały kilka milionów złotych. Kolejne pół miliona miały pochłonąć dodatkowe etaty utworzone wyłącznie na potrzeby tej kampanii. Królik był zadowolony, że zarobi parę dodatkowych tysięcy.

Europarlamentarny wyścig pochłaniał mi cały wolny czas. Mimo nawału pracy starałem się jednak nie zaniedbywać bliskich. W moim prywatnym życiu dokonały się istotne zmiany. Na lepsze. Zrozumiałem, iż są sprawy ważne i ważniejsze. Dlatego przynajmniej raz w tygodniu dzwoniłem do rodziców, a raz na dwa tygodnie do brata, który wiódł spokojne i nudne życie za Odrą. O rodzinę nie musiałem się martwić. Trwała sesja egzaminacyjna, pochłonięta nauką Iwona była więc dla mnie wyrozumiała. Bez wyrzutów sumienia mogłem poświęcić polityce każdą godzinę, od rana do nocy. Nadszedł koniec marca. Do wyborów pozostały niespełna dwa miesiące. W pewien czwartek umówiłem się z ludźmi ze struktur w Olsztynie na robocze spotkanie z liderem naszej listy. Miałem im przedstawić Golskiego, a także Królika w nowej roli szefa biura prasowego kampanii, no i siebie jako jej koordynatora. Liczyłem na wsparcie kilkunastu aktywistów oraz zintensyfikowanie działań, co miało zapewnić zdobycie przynajmniej jednego mandatu.

Prowadziłem samochód. Obok mnie siedział Mateusz. Z tyłu, w nieco mniej komfortowych warunkach, Dariusz. Rozmawialiśmy o przedwyborczym wyścigu, ustalaliśmy priorytety i metody, które pozwolą osiągnąć naszemu okręgowi wysoki wynik. Czekało nas mnóstwo pracy. Sto kilometrów za Warszawą odezwał się telefon. Przełączyłem się na zestaw głośnomówiący.

– Cześć, Tomku, jedziecie do Olsztyna? – Dzwonił kosmita Jordan Jaskulski.

– Tak. Zgodnie z planem – odpowiedziałem.

– No to musicie zmienić plany. Zawracajcie do Warszawy i jedźcie prosto do Sejmu. Czeka tam na was poseł Pałkowski. Załatwił już wejściówki.

– Dlaczego musimy zawracać? Szykujemy kampanię w Olsztynie, mamy umówione spotkanie. Co się dzieje?

189

– Odwołaj ludzi w terenie. Dziś mają okupować parlament samotne matki ze stowarzyszenia „Matka Jest Tylko Jedna". Decyzją przewodniczącego macie tam być i razem z Golskim wesprzeć protestujące kobiety – Jordan trajkotał jak najęty.

Spojrzałem w lusterko wsteczne na minę naszego kandydata. Była nietęga. Nachylił się między fotelami, żeby Jaskulski lepiej go słyszał, i wzburzony powiedział: – Znam te baby, moja eksżona należy do tego stowarzyszenia. Delikatnie rzecz ujmując, występuje istotny konflikt interesów w działalności naszych organizacji. Niektóre kobiety są tam tylko dlatego, żeby utrudnić życie facetom walczącym o opiekę nad dziećmi. Nie widzę potrzeby, by jechać i je wspierać, sorry.

Dariusz się wściekł. Wcale mu się nie dziwiłem. Mnie również pomysł przewodniczącego wydawał się mocno chybiony.

– Nic nie poradzę. To decyzja Lisonia. Musicie ją wykonać. – Jordan się rozłączył.

Zjechałem na pobocze.

– Co dalej? – odezwał się milczący dotąd Królik.

– Powaliło go? – mówił wzburzony kandydat na europosła. – Jeśli członkowie mojego stowarzyszenia zobaczą, że stoję po stronie tych bab, zjedzą mnie żywcem. Zresztą naprawdę większość z nich robi pod Sejmem tylko zadymę.

Zastanawiałem się, jak postąpić. Jedno było pewne – powinniśmy wykonać polecenie. Chciałem jednak, żeby nasz kandydat numer jeden nie czuł się przymuszony. Inaczej nic nie zwojujemy.

– Nawet jeżeli większość bab manifestuje tam dla draki, na pewno są też z nimi normalne matki, którym ciężko jest związać koniec z końcem. Może warto im pomóc – próbowałem przekonać Dariusza. – Musimy wracać! Twoja obecność może przynieść ci dużo dobrego. Również w sensie PR-owym. Jeśli lider stowarzyszenia „Samotny Tata" staje w obronie dzieci, to jest o czym mówić, nieprawdaż?

– Niby tak, ale mam obawy. – Nadal nie wydawał się przekonany.

– Nie przejmuj się, będziemy z tobą.

– Prawda, Mateusz? – Spojrzałem na Królika, a on pokiwał głową.

Zawróciłem. Półtorej godziny później parkowaliśmy auto w pobliżu Sejmu. Przed parlamentem tłoczyły się kobiety z transparentami, w bojowych nastrojach. Nikt z naszej trójki nie czuł się zbyt pewnie. Obok grupy kilkudziesięciu matek wyłuskałem wzrokiem posła Pałkowskiego. Czekał na nas. Gdy szliśmy w jego kierunku, Darek chwycił mnie za rękę.

– Nie pójdę. Widziałem chyba moją byłą żonę. To jakiś absurd. Walczę z tą kurwą od lat. Nie dam rady, stary.

Nie wiedziałem, co robić. W twarzy Golskiego zobaczyłem wściekłość pomieszaną z bezsilnością.

– Słuchaj, taka jest właśnie polityka. Niełatwa. Pomyśl

o dziecku i o tym, o co walczy twoje stowarzyszenie. Wygrasz, jeśli będziesz konsekwentny. Chcesz się poddać już na samym początku? Pomogę ci, obiecuję.

– Szlag by to trafił! Dobrze. Niech się dzieje, co chce. – Był zrezygnowany, ale nareszcie dał się przekonać.

– No, ruszcie dupę, czekam tu już drugą godzinę. – Pałkowski w bezpośredni sposób wyraził swoją frustrację.

Weszliśmy do budynku. Poseł zaprowadził nas do pomieszczeń klubowych, w których siedziała sekretarka.

– Wiecie, co macie robić? – Popatrzył na nas chłodnym wzrokiem.

– Kompletnie nie – odparłem zgodnie z prawdą.

– Ma być o was dużo i głośno w mediach. Nasza jedynka, jako lider stowarzyszenia walczący o dobro dzieci, powinien zostać mediatorem między tymi babsztylami a rządem słabo radzącym sobie w kwestiach, które je tu sprowadzają.

– Czyli w jakich kwestiach? – Królik tym pytaniem chciał zaznaczyć swoją obecność.

– Myślisz, że ja wiem? Dowiedzcie się i działajcie. Wasze gęby, zwłaszcza pana… pana…

– Golskiego – wtrąciłem.

– …powinny się pojawić dziś w wiadomościach. Najlepiej z pozytywnym przekazem i informacją o naszym kandydacie do Europarlamentu. To chyba wszystko, powodzenia!

Pałkowski wyszedł, zostawiając nas z sekretarką.

– Na razie napijmy się kawy i pomyślmy, co możemy zrobić.

– Za piętnaście minut wychodzę, więc jeżeli chcecie kawę, to najlepiej teraz – odezwała się sekretarka, która już zaczęła pakować swoje rzeczy.

– Może pani zostawi nam klucze? W końcu jesteśmy tu... służbowo.

– Niestety, nie mogę. – Sekretarka chowając laptopa do torby, nawet na nas nie spojrzała.

Kawę piliśmy w takim pośpiechu, że poparzyłem sobie podniebienie. Po chwili staliśmy na korytarzu sejmowym pod zamkniętym biurem i zastanawialiśmy się, co dalej. Wysłałem Królika, żeby zorientował się w sytuacji, a sam przysiadłem z Darkiem w fotelach na końcu holu. Przynajmniej mieliśmy gdzie usiąść.

W międzyczasie protestujące kobiety zostały wpuszczone na teren parlamentu, zaproszone przez jedną z opozycyjnych partii. Ulokowały się na piętrze, w miejscu, gdzie zwykle stacjonowali dyżurujący tu dziennikarze.

– Pewne jest to, że musisz im jakoś pomóc. I pokazać się w mediach – powiedziałem stanowczym tonem. – W przeciwnym razie Lisoń będzie wściekły. Swoją drogą, ma rację, rzeczywiście pojawiła się szansa na darmową reklamę.

– Wszystko mi jedno, powiedz tylko, co mam robić. – Kandydat nie tryskał entuzjazmem.

– Poczekajmy, aż wróci Mateusz. Na pewno czegoś się dowie.

Siedzieliśmy w milczeniu. Sprawdzałem w telefonie, czy portale informacyjne cokolwiek piszą o rozpoczynającym się właśnie proteście. W Internecie pojawiło się kilka zdawkowych newsów. Po dwudziestu minutach przybiegł zdyszany Królik.

– Nie ruszą się stąd, dopóki premier z nimi nie porozmawia. Domagają się między innymi zwiększenia dodatków opiekuńczych oraz dłuższych, płatnych urlopów wychowawczych dla samotnych matek. Szykuje się okupacja... bo przyniosły torby z jedzeniem, napoje, koce...

– Mówiłem... Większość to zadymiary. A nie mają przypadkiem postulatów odebrania praw do opieki samotnym ojcom? – Golski mimo przygnębienia był skłonny do żartów.

– Nie, o ojcach nic nie gadały... – Mateusz nie wyczuł sarkazmu.

– Kto je tu wprowadził? – Byłem ciekawy, który poseł odpowiada za całą tę chryję.

– Karpowski, z parlamentarnego koła Prawicowych Demokratów, ten ze śmiesznym, cienkim głosikiem.

– Musimy do nich pójść. Trzeba dowiedzieć się, czego konkretnie potrzebują. Zwyczajnie porozmawiać. – Spojrzałem na Dariusza. Nie pasowała mu ta sytuacja, ale chyba się przełamywał.

– Idziemy więc, panowie, ale nadal tego nie czuję. Gorzej będzie, gdy spotkam byłą żonę, bo wtedy nie ręczę za siebie.

– Spokojnie, dasz radę. Pomyśl o córce. Dla niej tu jesteś. – Grałem na jego emocjach.

Poszliśmy do grupy protestujących, zgromadzonych na piętrze. Wyłowiliśmy z tłumu liderki akcji. Dariusz podszedł do nich i przedstawił się. Ja z Matuszem staliśmy dwa kroki z tyłu. Szef „samotnych ojców" miał dar, z którego właśnie teraz korzystał – budził zaufanie, miał też spokojny, ale stanowczy sposób mówienia. Usiadł razem z kobietami i wynotował, czego żądają. Wypytał też, czego potrzebują, żeby tu przetrwać kilka dni, gdyby sytuacja je do tego zmusiła. Zadeklarował wsparcie swojego stowarzyszenia, a one przyjęły pomoc z wdzięcznością. Przynajmniej tak to z boku wyglądało. Odetchnąłem, nie było źle. Pojawili się przy nas dziennikarze. Operatorzy kamer włączyli światła reflektorów i filmowali przebieg rozmowy. Realizowali krótkie ujęcia, które dziś z pewnością znajdą się w serwisach informacyjnych. Lisoń powinien być usatysfakcjonowany.

Dariusz wycofał się. Miał duszę lidera. Ewidentnie przejął dowodzenie. W połowie korytarza zatrzymała go dziennikarka TV24.

– Pan Golski ze stowarzyszenia „Samotny Tata", prawda? Można prosić o komentarz dla naszej stacji? Co pan robi wśród protestujących samotnych matek, w jakiej występuje roli?

– Pani wybaczy, nie udzielam żadnych informacji. Chcę pomóc tym kobietom, więc nie mam teraz czasu na wywiady. Przepraszam.

Minął ją zgrabnie, a my podążyliśmy za nim. Po kilkunastu metrach wysyczałem: – Dariusz, cholera, trzeba było porozmawiać z tą dziennikarką. Taka szansa przeszła ci koło nosa!

– Wiem, co robię. Albo mamy pomóc, albo się lansować przed kamerą jak pajace.

Nic nie odpowiedziałem. Poszliśmy pod zamknięte sejmowe biuro partii. Darek oparł się o ścianę. Ja z Królikiem stanęliśmy obok. Nasz kandydat do parlamentu chwilę wcześniej w krótkiej rozmowie z matkami ustalił sprawy, które jego zdaniem są najistotniejsze. Oprócz realizacji postulatów chciały za wszelką cenę spotkać się z premierem. Teraz warto było coś z tą wiedzą zrobić.

– Trzeba zebrać ich żądania i opublikować w formie listu otwartego, a najlepiej odczytać go przed kamerami. Powinieneś stanąć z nimi w jednym szeregu – podrzuciłem pomysł na krótki briefing.

– Napiszesz? Byłeś dziennikarzem, pójdzie ci szybciej i zrobisz to dobrze. – Dariusz wysunął propozycję nie do odrzucenia.

– OK, daj mi chwilę.

Nie miałem nic do pisania, więc odszedłem na bok i zacząłem wstukiwać szkic tekstu w swoim telefonie. Królik poleciał zorganizować jakąś kartkę i długopis. Kląłem w duchu, widząc kiepską organizację partii, zamknięte biuro i mających wszystko w dupie posłów. Skorzystaliśmy z sejmowego parapetu jak z blatu biurka i po niespełna godzinie oświadczenie było gotowe. Tak przygotowani poszliśmy do protestujących matek. Nasz kandydat ustalił z liderkami scenariusz wspólnej konferencji, na którą czekało liczne grono dziennikarzy. Za chwilę miały odczytać treść naszego listu otwartego. Do grupy protestujących przyłączyło się kilka nowych. Wśród nich była niestety eksżona Golskiego. Zorientowałem się od razu po tym, jak bezpardonowo, przepychając się między dziennikarzami, kroczyła niczym rozwścieczony byk. W jednej chwili znalazła się na kursie kolizyjnym z Darkiem. Stanęła krok przed nim i puściła wiązankę, której po tak drobnej i ładnej kobiecie nigdy bym się nie spodziewał. Zaatakowany nie odezwał się ani słowem. Czekał cierpliwie, aż babsko skończy z wyzwiskami. Przecisnąłem się do niego. Musiałem go stamtąd zabrać, bo kilku operatorów włączyło kamery.

– Nie chcemy awantury – próbowałem wystudzić atmosferę – przecież są tu panie po to, by bronić dzieci. Niech drobne nieporozumienie nie oddala was od celu.

– Darek, chodź. Trudno. – Pociągnąłem go za sobą.

Eksżona nadal wrzeszczała i przeklinała. Wymknęliśmy się z tego młyna i wróciliśmy pod biurko klubu poselskiego „Teraz Zmiana".

– Nie ma sensu. Sam widziałeś. Dziękuję, że mnie stamtąd wyciągnąłeś. – Był załamany, współczułem mu. Mateusz, który nie odstępował nas na krok, nie powiedział ani słowa.

Po kilku minutach, gdy ochłonęliśmy, opuściliśmy Sejm bocznym wyjściem. Golski nie chciał znów natknąć się na swoją byłą. Nie dziwiłem się. Poszliśmy do najbliższej kawiarni z ogródkiem. Siedzieliśmy smętni. Doszliśmy do wniosku, iż dzisiejszy dzień zakończył się totalną porażką. Lisoń będzie wściekły. Miałem to jednak gdzieś. Żałowałem Darka. Pożegnaliśmy się i wróciłem do domu.

Iwona oglądała wiadomości. Protestujące rodzicielki odczytywały list otwarty, który napisałem kilka godzin wcześniej. Treść chwytała za serce. Obok kobiety czytającej mój tekst stała eksżona Golskiego. Miała łzy w oczach. Wyglądała jak pomnik udręczonej matki Polki.

– Cześć, kochanie. – Iwona wstała i pocałowała mnie w policzek. – Parę sekund temu widziałam ciebie i Królika śmigających przed kamerą. Co robiłeś w Sejmie?

– Chciałem pomóc, ale chyba nie wyszło. – Nie miałem siły jej tłumaczyć, co tam się działo.

– Odgrzeję ci kolację – rzuciła z kuchni.

Wyłączyłem telewizor i poszedłem do niej. Mocno ją przytuliłem.

– Wszystko w porządku? – zapytała.

– Raczej tak, kochanie.

Zacząłem całować jej szyję. Odwróciła się. Już po chwili leżała na blacie kuchennego stołu...

* * *

198

„Jak można spieprzyć taką okazję?! Dobrze przeprowadzona konferencja, wsparcie dla protestujących kobiet to była szansa na zwycięstwo w wyborach do Europarlamentu bez przeprowadzenia kosztownej kampanii! Golski zachował się jak palant. Przestraszył się byłej żony. Miał fantastyczną możliwość, a zupełnie jej nie wykorzystał. Kobiecie wystarczy kupić kwiaty i w porządku. Nawet jeśli to eksżona. Coś o tym, do cholery, wiem! Niech historia naszego kandydata z okręgu olsztyńskiego będzie dla was nauczką! Przykładem, jak można spaprać szansę na pewną wygraną. Macie być tam, gdzie są media. Musicie nieść pomoc osobom, które wsparcia potrzebują. Szczególnie teraz, w trakcie kampanii wyborczej. Ma być o was głośno! Inaczej nie zaistniejecie. Nie wejdziecie do polityki. To niełatwe, wiem. Ale polityka to nie przedszkole."

Dokładnie te słowa przewodniczącego „Teraz Zmiana" obiegły media w trzecim dniu protestu samotnych matek. Przebieg każdego oficjalnego spotkania na terenie Sejmu jest rejestrowany. Lisoń był tak wściekły nieudaną akcją jedynki, że najwyraźniej o tym zapomniał, kiedy dawał wychowawczą lekcję swoim posłom i działaczom w parlamentarnej sali im. Wincentego Witosa. Tak oto forma i sposób prowadzenia polityki przez lidera największej opozycyjnej partii zostały zaprezentowane opinii publicznej. Z pożytkiem dla tych, którzy Lisoniowi nie dowierzali i ku radości tych, którzy go nie trawili. To był początek jego końca. Nie miałem żadnych wątpliwości.

Zaskoczyła mnie rozmowa telefoniczna z Dariuszem. Nie zamierzał się wycofywać z kampanii, chociaż początkowy entuzjazm stracił bezpowrotnie. Był typem Don Kichota.

Mimo wtopy, którą zaliczył przewodniczący „Teraz Zmiana", i ogromnej fali krytyki, jaka spadła na partię, wyścig przedwyborczy toczył się nadal. Wśród jedynek mieliśmy wiele postaci przyciągających uwagę mediów. Rankingi sondażowe zmieniały się. Wciąż oscylowały jednak wokół progu pięciu procent. Lider się nie poddawał. Konferencje, debaty realizowane były z ogromnym rozmachem. Działacze kolportowali wyborcze gazety i ulotki. Na bilbordach w całej Polsce pojawiały się wielkoformatowe reklamy naszych kandydatów i kandydatek.

Golski realizował swoją kampanię w Olsztynie i w Warszawie. Kilkukrotnie wystąpił z Lisoniem podczas okolicznościowych briefingów. Facet miał klasę, jednak obawiałem się, iż cała jego praca idzie na marne. Wyrobił sobie zdanie na temat lidera i wielokrotnie mi je powtarzał. Według niego Lisoń miał nierówno pod sufitem, zachowywał się nieprzewidywalnie i ciągnął partię na dno. Nie umiałem ani nie chciałem bronić przewodniczącego. Szkoda mi było ludzi takich jak Darek. Gdyby znaleźli się w innych formacjach, z pewnością mieliby ogromną szansę na mandat i mogliby realizować się o wiele bardziej efektywnie, walcząc o ważne sprawy.

Zbliżał się czas eurowyborów. Podobnie jak przy wyborach parlamentarnych, w których „Teraz Zmiana" weszła przebojem na polską scenę polityczną, atmosfera była gorąca. Tym razem jednak nieco inna. Wielu działaczy spodziewało się wyniku będącego wizualizacją ich obaw co do złego zarządzania partią, o czym coraz częściej mówili w kuluarach. Dotarły do mnie słuchy, że po ogłoszeniu wyników niektórzy z posłów zamierzają opuścić formację. Nie brałem tego poważnie. Odbierałem to raczej jako element nacisku i wewnętrznych rozgrywek.

Na tydzień przed ciszą wyborczą zadzwonił do mnie Andrzej Sumka. Poprosił o pomoc w realizacji mityngu w okręgu gdyńskim, z którego był posłem. Miałem wspólnie z naszym kandydatem wesprzeć ich kampanię. Jedynką została tam działaczka na rzecz mniejszości seksualnych, Barbara Ciunajtis. Darek miał ewidentnie dosyć. Nieprzespane noce, mnóstwo spotkań, konferencji i debat, w których przez ostatnie miesiące uczestniczył, mocno go wyczerpały. Walczył jednak do końca. Zgodził się. Podróż z Warszawy do Trójmiasta całą naszą trójką odbyliśmy samolotem. O dziwo, sfinansowała ją partia. Biorąc pod uwagę niepłacone w terminie należności za wynajem sal i koszt reklam wykupywanych w lokalnych mediach, było to zaskakujące. No ale przecież bilety za samolot trzeba opłacać z góry.

Z lotniska odebrał nas Sumka, osobiście.

– Samochód stoi niedaleko, chodźcie.

Poseł był wstawiony.

– Sam prowadził? – Dariusz podzielał moje obserwacje.

Królik popatrzył na mnie wymownie. Nie skomentowaliśmy stanu trzeźwości Sumki. Szliśmy na lotniskowy parking.

– Pakujcie się. – Sumka triumfalnie wskazał auto, leciwego zielonego poloneza. Obaj wyglądali, jakby zostali świeżo wyciągnięci ze skupu złomu. Do samochodu przyczepiono lawetę z reklamą kandydatki do Europarlamentu.

– Tym mamy jechać? Pan żartuje, prawda? – Golski był przerażony.

– Może nie wygląda reprezentacyjnie, ale to dobre polskie auto. Wsiadajcie. Szkoda czasu.

Zaczęliśmy się ładować do samochodu. Rzuciłem okiem na lawetę. Z przerażeniem dostrzegłem, że hak holowniczy łączący ją z polonezem jest owinięty montażową taśmą samoprzylepną. Odciągnąłem posła na bok.

– A z tą taśmą jest bezpiecznie?

– Nie marudź, Dymarczyk, darowanemu koniowi nie zagląda się w paszczękę. Musiałem okleić, bo zatrzask nie trzyma. No właź już! – Poczułem od niego wyraźną woń alkoholu. Spojrzałem na Darka, dyskretnie się przeżegnał.

Mknęliśmy obwodnicą Trójmiasta w kierunku Gdyni. Serpentyna dwupasmówki pozwoliła rozwinąć znaczącą prędkość. Droga była mocno pochylona, zjeżdżaliśmy z górki. Golski zaciskał kurczowo ręce na swym pasie bezpieczeństwa. Królik zbladł. Gdy na wskaźniku prędkości wskazówka wychyliła się do 130 km/h, nie wytrzymałem ciśnienia.

– Panie pośle, pan trochę zwolni!

– Co ty taki bojaźliwy, Tomuś? Nie będziemy czasu tracić. Sumka zwolnił do 110 km/h i sięgnął do schowka po puszkę piwa. Zgrabnie otworzył ją zębami.

– Strasznie mnie suszy, muszę łyknąć. Chce ktoś?

Ponieważ odpowiedziała mu cisza, sam siorbnął browara. Milczeliśmy. Każdy modlił się do swojego boga o szczęśliwy koniec podróży. Nawet ja, choć w ogóle nie byłem religijny.

Wreszcie dotarliśmy na gdyński bulwar. Wtedy przeprosiłem wszystkich. Po raz pierwszy w dupie miałem konferencję i spotkanie z wyborcami. Poszedłem na spacer na plażę. Przedtem w najbliższym kiosku kupiłem paczkę marlboro i zapalniczkę. Mimo że kilka dni temu rzuciłem palenie. Wróciłem dopiero gdy impreza się kończyła.

Ta kampania była jak Wielka Pardubicka. Na ostatnim okrążeniu mieliśmy już serdecznie dość. Wśród działaczy dało się odczuć zniechęcenie. Wprawdzie „Teraz Zmiana" przekroczyła wymagane ordynacją pięć procent, ale nasi kandydaci zdobyli jedynie cztery mandaty. Wśród tych, którzy dostali się do Europarlamentu, nie było Dariusza Golskiego. Zabrakło mu zaledwie kilkuset głosów.

Współpraca w okresie przedwyborczym bardzo zbliżyła nas do siebie. Gdy się żegnaliśmy, powiedział: − Ktoś taki jak ty nie powinien siedzieć w tym gównie. Rzuć legitymacją partyjną i wróć do zawodu dziennikarza. Polityka to nie jest twój świat... ani mój − dodał po namyśle.

− Może i bym rzucił legitymacją, ale partia dotąd ich się nie dorobiła. Były ważniejsze wydatki... − Wybuchnąłem śmiechem.

Czułem zniechęcenie do wszelkich działań, a na samą myśl o polityce robiło mi się niedobrze. Najwyraźniej potrzebowałem odpoczynku. Dotarło to do mnie, kiedy wysyłałem nowy artykuł Nicpońskiej do „Opinii". Embargo na jej publikacje stary zdjął zaraz po wyborach. Znowu grałem na dwie bramki.

Iwona pojechała na uczelnię po wpisy do indeksu. Miałem więc jeszcze z godzinę dla siebie. Wiedziałem, o czym marzyła. Pod wpływem nagłego impulsu kupiłem w Internecie dwa bilety do Paryża. Wydrukowałem potwierdzenia rezerwacji i położyłem na stole. Przejrzałem oferty hoteli w centrum paryskiej stolicy. W końcu wybrałem jeden, zlokalizowany tuż obok wieży Eiffla. Nie był tani, ale za to efektowny. Nie miałem zamiaru oszczędzać. Pragnąłem sprawić swojej kobiecie trochę radości. Zasłużyła na to. Przyszły weekend miał być wyłącznie dla nas. Gdy wstawiałem kawę, niespodziewanie pojawił się u mnie Boguś. Zbliżało się dopiero południe, w piątki o tej porze mój przyjaciel najczęściej odsypiał zamykanie kolejnego numeru gazety.

– Zrób mi dużą czarną, ekstramocną. Mam coś dla ciebie – rzucił od progu. Morda śmiała mu się od ucha do ucha.

– Co jest, Boguś? Mów! – Zaintrygował mnie.

Podałem mu świeżo zaparzoną kawę. Wziął kubek, rozsiadł się na kanapie i po chwili efektownego milczenia powiedział: – Mówiłeś, że myślisz o książce. Rozmawiałem z kilkoma znajomymi. Byłem w dwóch zaprzyjaźnionych wydawnictwach i pokazałem twoje archiwum. Oba chciały wydać, ale wybrałem korzystniejszą ofertę.

– Czekaj, ale to są tylko luźne materiały, książce trzeba nadać formę. No i przecież teraz taka bomba nie może się ukazać. Zdekonspiruje mnie.

– Napiszesz raz, dwa, zresztą oni mają świetnych redaktorów i pokierują tobą. A termin druku możecie ustalić wspólnie. Jeżeli się sprężysz, publikacja nastąpi w ciągu kilku miesięcy. Wtedy z pewnością zasiądziesz już na stołku wicenaczelnego „Opinii" i wystąpisz z partii. Weź pod uwagę, że książka będzie dla ciebie jakimś zabezpieczeniem.

– Co masz na myśli?

– Będą tam udokumentowane świństwa Lisonia. Gdy jego brudne tajemnice staną się powszechnie znane, nie będziesz już jednym z niewielu, który posiada tę wiedzę, i zejdziesz z linii strzału. Paradoksalnie tylko po upublicznieniu tego całego gówna pozostaniesz bezpieczny. Jeśli informacje zbunkrujesz w szufladzie – niestety nie. Mam nadzieję, że nie będzie ci potrzebny taki dupochron, ale cholera wie. Lisoń, a zwłaszcza ci, z którymi się zadaje, to nie są grzeczni chłopcy.

Boguś miał rację. Książka mogła być dla mnie czymś w rodzaju polisy ubezpieczeniowej. Pozostało mi więc tylko uzgodnić z wydawnictwem szczegóły. Zanim wyszedł, przekazałem mu zaktualizowane archiwum. Na wszelki wypadek. Gdy chował pendrive, weszła Iwona. Ucałowała mnie i przywitała się z Bogdanem.

– Powinienem już lecieć. Bawcie się dobrze w Paryżu!

Znacząco spojrzał na stół, uścisnął mi dłoń i wyszedł.

– W Paryżu? – Iwona znieruchomiała.

– Przecież ci obiecałem, że po wyborach pojedziemy na weekend do Francji. I tak będzie. Dokładnie w przyszły piątek. Nie chcesz? – Podałem jej potwierdzenia rezerwacji.

Odłożyła na stół kartki z rezerwacją i zaczęła mnie rozbierać. Nie sprzeciwiałem się. Miałem na nią ochotę. Jak zawsze.

* * *

Wynik wyborów był dla formacji katastrofą, której nikt się nie spodziewał. Nadchodziły ciężkie czasy dla Lisonia, ale on zdawał się nie rozumieć położenia, w jakim się znalazł. Wielu twierdziło, iż sytuacja go przerosła i już sobie nie poradzi. Aby móc dalej realizować swój polityczno-biznesowy plan, lider musiał teraz wskazać przyczyny porażki i odsunąć od siebie odium odpowiedzialności za obecny stan rzeczy.

Na spotkaniu w gabinecie przewodniczącego „Teraz Zmiana" byli obecni jego najwierniejsi współpracownicy: Jaskulski i Pilak, oraz posłowie Szymes i Sumka. Również posłanka Karolkiewicz, kilku warszawskich działaczy i pracownicy biura. Brakowało Pałkowskiego i Rolskiego, choć wcześniej w tego rodzaju ważnych i zwoływanych nagle naradach zawsze uczestniczyli. Lisoń miał zafrasowaną twarz. Wokół wyczuwało się napięcie.

– Poprosiłem was tutaj, bo szykują się spore zmiany w naszym ugrupowaniu. Sztuką jest przekuć porażkę w sukces – zaczął patetycznie.

Nikt się nie odzywał, wszyscy czekali cierpliwie, zaciekawieni, w jakim celu szef tak nagle ich zebrał.

– Nie chcę was długo zatrzymywać. Każdy ma wiele zadań. Ale musicie być gotowi na pewne zdarzenia... – zawiesił dramatycznie głos – wkrótce odejdzie od nas kilku, może kilkunastu posłów, między innymi Marek Rosłoń, Adam Pałkowski, prawdopodobnie też Karol Rolski. Tych, których uważałem za najbardziej oddanych...

– Ja się stąd nigdzie nie ruszę, „Teraz Zmiana" jest moją jedyną, ukochaną partią – chwiejąc się na nogach, Karolkiewicz wygłosiła krótkie oświadczenie.

Lisoń nie skomentował jej wypowiedzi. Kontynuował.

– Zadacie pewnie pytanie, co się stało? Zostali złamani, nie wierzą, że nasza partia jest jeszcze w stanie odegrać jakąkolwiek rolę. Mylą się. Kupiono ich za stanowiska, może byli szantażowani. Nie chcę w to wnikać. Złamano im kręgosłupy. Oby was nic nie złamało... – Rozejrzał się po sali. Zapanowała absolutna cisza.

– Po wakacjach rozpoczniemy przygotowania do kampanii prezydenckiej, która pokaże naszą siłę. Dosyć happeningów, dosyć amatorszczyzny! To nie koniec, a dopiero początek.

Zgromadzeni zaczęli spontanicznie klaskać. Lisoń uciszył ich gestem ręki.

– Wszyscy potrzebujemy odpoczynku. Zbliżają się wakacje. Wyjeżdżam na dwa tygodnie. Potem od razu weźmiemy się do roboty. Wynajmiemy najlepszych specjalistów od wizerunku, najlepsze agencje reklamowe i zaatakujemy. Zrobimy to razem!

Znów rozległy się oklaski. Obecni na zebraniu wstali i zaczęli podchodzić do przewodniczącego. Każdy chciał zamienić z nim choć kilka słów. Jaskulski stał z boku. Nie podzielał optymizmu szefa.

Lisoń pożegnał się z ludźmi i wyszedł z siedziby partii. Wybierał się na umówione spotkanie z Rolskim, o czym „zapomniał" zgromadzonych poinformować. Wsiadł do samochodu i pojechał do jego podwarszawskiej willi.

Rozmowa z posłem, który miał już ugruntowaną pozycję na polskiej scenie politycznej, dotyczyła jednego istotnego dla Lisonia zagadnienia. Chciał go przekonać za wszelką cenę, by nie opuszczał szeregów partii.

– Co chcesz w zamian? Gwarancję jedynki w najbliższych wyborach parlamentarnych? – Przewodniczący był gotowy zaoferować wiele.

– A jaką masz pewność, że „Teraz Zmiana" znajdzie się w Sejmie kolejnej kadencji? Twój wróżbita ci przepowiedział? Tym razem się pomylił. Szanse są nikłe. Jeśli spojrzeć na wszystko, co robisz, na sondaże, wydaje się to coraz mniej prawdopodobne. – Rolski twardo stąpał po ziemi.

– Alternatywnie jestem w stanie zagwarantować ci pozycję biorącą w partii rządzącej. Mam wejścia i możliwości. Tylko nie odchodź z naszej formacji przed wyborami prezydenckimi. Budowaliśmy to, a teraz, kiedy cię potrzebuję, chcesz mnie olać? – Lisoń próbował wzruszyć swego jeszcze do niedawna bliskiego współpracownika.

– Biorące miejsce na liście u wygrywających już mam zaklepane. Nie dasz rady mnie niczym kupić…

– Bo już się sprzedałeś! – Lisoń miał teraz ochotę go rozszarpać.

– Ja? A patrzyłeś kiedyś w lustro? – Rolski był uszczypliwy. – Jednak przez wzgląd na to, co wspólnie robiliśmy, dostaniesz ode mnie dwa prezenty...

Lisoń zamilkł i czekał zaciekawiony.

– Pierwszy: odejdę z „Teraz Zmiana" tydzień po wyborach prezydenckich, w których pewnie zechcesz startować.

– To przecież mój obowiązek jako lidera partii. Wynik cię zaskoczy, nie tylko ciebie…

– Taaak, z pewnością… – Ton, jakim poseł to powiedział, był sarkastyczny. – A druga sprawa, która bardzo cię zainteresuje… – Rolski przerwał na sekundę, żeby spotęgować napięcie. – Chcesz wiedzieć, kim jest naprawdę Aldona Nicpońska?

– Wiesz, kim jest ta kurew?! – Twarz Lisonia nabrała rumieńców.

– Wiem…

– No powiedz, do cholery!

– Dymarczyk. Jesteś zaskoczony?

Jan Lisoń przez chwilę nic nie mówił. Widać było, że nad czymś intensywnie myśli.

– A to skurwiel! Coś kiedyś przemknęło mi przez głowę, ale…

– Zrób z tym, co chcesz. Ale skoro wreszcie wiesz, kim naprawdę jest Dymarczyk, od razu nie wypierdalaj go z partii. Spróbuj to wykorzystać – dobra rada po starej znajomości. A teraz wybacz, mam swoje sprawy.

Lisoń pożegnał się z byłym już kolegą partyjnym i ruszył w drogę powrotną. Wsiadając do samochodu, wybrał numer, na który miał dzwonić wyłącznie w nadzwyczaj ważnych sprawach.

Po zakończeniu rozmowy od razu wybrał inny ważny dla niego numer telefonu.

– Jesteś w domu? – Musiał rozładować napięcie. – Załóż tę czerwoną bieliznę, którą ostatnio ci kupiłem. Wpadnę za jakieś pół godziny...

Przyjechał po dwudziestu minutach. Spieszył się.

– Cześć kochanie, zmysłowo wyglądasz. – Od wejścia myślał wyłącznie o jednym.

– Może masz najpierw ochotę coś zjeść? Zrobiłam pyszny obiad.

– Jestem głodny tylko ciebie, skarbie, chodź... – przyciągnął ją i mocno objął. Nie był czuły, a tego oczekiwała. Powoli i z namaszczeniem zaczął ją rozbierać. Dziewczyna niezwykle mu się podobała, młoda, wysoka, zgrabna. Miała długie blond włosy. Lubił takie. Delektował się każdym jej ruchem, każdą pieszczotą. To było dla niego o wiele lepsze niż sesja w solarium. Gdy nie miała na sobie już nic, łakomie spojrzał na jej nagie, idealnie zbudowane ciało i wydał krótkie polecenie: – Oprzyj się o biurko, kociaku...

Klęcząca przed nim kobieta posłusznie jak automat wstała i podeszła do mebla.

Oparła się o blat i stanęła w lekkim rozkroku. Janek w rozpiętej koszuli, już bez spodni i w samych skarpetkach stanął tuż za nią. Wymierzył jej delikatnego klapsa w pośladek i nie zwlekając, wszedł. Chwycił za włosy. Nie lubiła tego. Do ucha szeptał sprośności, które jeszcze bardziej go nakręcały. W pokoju było słychać wyłącznie sapanie Lisonia i przyspieszony oddech dziewczyny. Kwadrans później zapinał rozporek. Seks był dla niego jak Prozac. Przez kilkanaście minut nic poza apetycznym tyłeczkiem kochanki go nie zajmowało. Teraz jednak musiał wrócić do swojej politycznej rzeczywistości.

– Potrzebujesz czegoś? – zapytał, a ona pokręciła przecząco głową.

– A właściwie tak – dodała po sekundzie wahania – ciebie. Przyjedź wieczorem, nie zostawiaj mnie dziś samej.

Była smutna.

– Wieczorem muszę być w domu. Zadzwonię za parę dni.

– Przecież jesteś już po rozwodzie! A między nami nic się nie zmieniło. Obiecywałeś!

Czyniła mu wyrzuty. Nie lubił tego. Znów popsuł mu się nastrój.

– Niczego nigdy ci nie obiecywałem! – Wkurzył się.

Nie odpowiedziała, zaczęła się ubierać. Pospiesznie wyszedł. Płakała.

* * *

W poniedziałek rano odebrałem telefon od matki. Szlochała tak, że początkowo nie byłem w stanie zrozumieć, o co chodzi. Pierwsze co przyszło mi na myśl – ojciec znów zaczął pić. Gdy już się trochę uspokoiła, dotarło do mnie, z jak poważną sprawą mam do czynienia. Zacząłem pospiesznie się ubierać. Iwona się obudziła.

– Co się dzieje? – zapytała przestraszona.

– Nie wiem dokładnie, muszę natychmiast jechać do rodziców – powiedziałem. Spojrzałem na nią zaniepokojony i dodałem: – Mam prośbę. Na kilka dni przenieś się do swojej matki, dobrze?

– Możesz mi wytłumaczyć, o co chodzi? – Miała wielkie, przerażone oczy.

– Nie teraz. Zadzwonię po powrocie, ubieraj się szybko. Podrzucę cię do niej.

Nie pytała już o nic. Błyskawicznie zaczęła się ubierać. W samochodzie nie odezwała się ani słowem. Gdy blada jak ściana wychodziła z auta, rzuciła mi krótkie „cześć". Zniknęła za rogiem.

Od razu ruszyłem. Godzinę później dotarłem do swojego rodzinnego domu.

Drzwi były otwarte. W kuchni siedział ojciec, a matka bandażowała mu głowę. Miała podpuchnięte, zapłakane oczy.

– Powiedz, co się stało, tylko powoli… – poprosiłem.

Tato spojrzał na mnie, ale nic nie powiedział.

– Lepiej już, kochanie? – mama zwróciła się do ojca, który kiwnął tylko głową.

– Chodź do pokoju. – Pociągnęła mnie za rękaw.

Usiedliśmy przy stole.

– Przyszło tu dwóch drabów. Wypytywali o ciebie, szukali twoich rzeczy, notatek. Chcieli znaleźć komputer.

Krzyczeli, że narobisz sobie kłopotów. – Znów zaniosła się płaczem.

– Mówili coś jeszcze? Dlaczego ojciec ma rozbitą głowę?

– Uderzyli go, bo próbował ich powstrzymać.

– Kim byli?

– Nie wiem, nie mieli mundurów. Pokazali jakieś legitymacje. A ja się bałam i nie obejrzałam dokładnie. Chyba byli ze służb. W coś ty, synku, się wpakował?

– Nie mam pojęcia. Dzwoniłaś na policję?

– Nie, bo byłam przerażona. Mówili, że jeśli syn będzie nierozważny, to nikt go więcej nie znajdzie. I żebym ci to przekazała. Może masz rację, chyba jednak trzeba na policję...

Czułem się odpowiedzialny za tę sytuację. Wiedziałem, o co chodzi. Chcieli mnie nastraszyć. Udało im się skutecznie. Pomyślałem, że powinienem bezzwłocznie pojechać do redakcji.

– Mamo, nie dzwoń na policję. To może mieć związek z moją działalnością dziennikarską. O nic się nie martw. Ani ty, ani ojciec nie wpuszczajcie już do domu nikogo, kogo nie znacie. Zadzwonię do was. Muszę teraz jechać.

Spojrzałem na tatę, który nadal siedział w kuchni. Patrzył na mnie i nic nie mówił. Wybiegłem z domu.

W redakcji przywitał mnie zdziwiony wzrok kolegi, Waldka. Przecież od dawna tu nie pracowałem... Minąłem go bez słowa i poszedłem wprost do gabinetu szefa. Nawet nie zapukałem. Zapewne nie wyglądałem zbyt dobrze, bo na mój widok natychmiast przerwał rozmowę telefoniczną.

– Mów! – Naczelny domyślał się czegoś albo jak zwykle wiedział znacznie więcej ode mnie. Opisałem mu przebieg dzisiejszych wydarzeń. Cel wizyty i zachowanie niezapowiedzianych gości w domu rodziców. Słuchał i nie przerywał.

– Musieli wytropić, kim jest Nicpońska. Przypuszczają, że wiesz o wiele więcej. Byłeś na tyle blisko Lisonia i jego partii… Pewnie komuś przeszkadzasz.

– Kim oni są? I skąd wiedzą, że cokolwiek publikowałem?

– Nie bądź dzieckiem, Tomaszu. Chcą cię nastraszyć, to dla mnie oczywiste. A kim są, powinieneś sam się domyślić. Na twoim miejscu wróciłbym do domu. Jeśli masz jakieś dodatkowe materiały, zwłaszcza te grube, przekaż je komuś. Bo, jak znam życie, zebrałeś znacznie więcej informacji, prawda?

Twierdząco pokiwałem głową.

– Przekazałem kopie Bogdanowi. A wszystkie brudy i sensacyjne odkrycia postanowiłem wykorzystać w książce. To tajemnica. Zna ją tylko Bogdan i od teraz pan.

– Wspomniał mi już o tym. – Sięgnął po cygaretkę.

– Może o naszej umowie mówiłeś coś rodzicom, dziewczynie, siostrze? – dodał.

– Nie mam siostry. Nikt poza mną, panem i Bogdanem nic nie wie.

– W porządku. Jedź do domu. Uważaj na siebie. Jeśli coś cię zaniepokoi, zadzwoń pod ten numer. – Zapisał na karteczce i podał mi. – Nie zostawimy cię w potrzebie. Możesz być pewny. A za kilka miesięcy zaczniesz pracę jako zastępca naczelnego „Opinii". To już klepnięte.

Może chociaż tak poprawię ci nastrój. Podziękowałem szefowi. Mogłem na niego liczyć. Potwierdzenie informacji od Bogusia o czekającym mnie awansie wcale nie poprawiło mi humoru. Nie chciałem wracać do domu. Bałem się. Wsiadłem do samochodu i ruszyłem przed siebie. Jechałem przez centrum, starając się zebrać myśli. Nie byłem w stanie się skupić. Kiedy zastanawiałem się, co robić, odezwał się telefon. Przełączyłem na tryb głośnomówiący. To był mój przyjaciel.

– Przyjedź do mnie, czekam.

– Gdzie jesteś?

– No przecież nie na Korsyce. U siebie w mieszkaniu.

W innej sytuacji może bym się nawet zaśmiał z jego słabego dowcipu. Skręciłem w aleję Armii Ludowej.

U przyjaciela spędziłem kilka godzin. Powiedziałem mu to samo co Machnikowi. Sytuacja była poważna, ale starał się mnie uspokoić. Nie miał żadnych wątpliwości, że ludzie od Lisonia próbują mnie po prostu nastraszyć. Gdyby chcieli się do mnie dobrać, już by to zrobili. Brzmiało logicznie. Tylko dlaczego, do cholery, pobili ojca? Tego nie miałem zamiaru gnojom darować.

W trakcie rozmowy z Bogdanem zadzwoniłem do Iwony. Jej telefon był wyłączony. Zaniepokoiło mnie to.

– Ufasz swojej dziewczynie? – Bogdan palił papierosa i popijał drinka.

– Oczywiście.

– Wie, że nadal pracujesz jako dziennikarz?

– Tak, ale...

– Lisoń mógł się tego dowiedzieć w inny sposób, ale zapytaj, czy komuś się nie wygadała. Jest młoda, jeszcze nierozważna, może się pochwaliła?

– Iwona nie jest jak większość głupich cipek w jej wieku! Inaczej byśmy nie mieszkali razem – podniosłem głos.

– OK, przyjacielu. Tylko się zastanawiam. Przecież jakoś to wyciekło. Nie wkurzaj się. Jak ona ma na nazwisko?

– Lange – wymamrotałem.

Po jakimś kwadransie pożegnałem się z Bogusiem. Wychodząc z jego bloku, rozejrzałem się odruchowo po parkingu. Nic mnie nie zaniepokoiło, ruszyłem w kierunku samochodu. Uruchomiłem silnik i pojechałem do domu. Po drodze rozmyślałem o tym, co powiedział Bogdan, wybrałem dwukrotnie numer Iwony. Telefon nadal miała wyłączony. Martwiłem się. Kilkaset metrów od domu zawróciłem i pojechałem do jej matki. Za wszelką cenę musiałem upewnić się, że mojej dziewczynie nic nie jest. Spojrzałem w okna. Były zamknięte i ciemne. Wybrałem numer mieszkania w domofonie. Cisza. Nikt się nie odzywał. Przez chwilę kręciłem się pod klatką, czekając na nie wiadomo co. Sytuacja coraz bardziej mi się nie podobała. Wróciłem do siebie.

Dziwnie czułem się w pustym mieszkaniu. Brakowało mi Iwony. Wszedłem do kuchni i w tym momencie przyszedł SMS z nieznanego numeru: „Nie martw się, u mnie wszystko dobrze. Dla bezpieczeństwa na razie zniknę. Nie dzwoń i nie pisz. Iwona".

Nic z tego nie rozumiałem. To raczej ja miałem powody, by się ukrywać. Ona nie znała żadnych szczegółów, choć oczywiście mogła się domyślać. Najważniejsze jednak, że nic jej nie jest. Byłem spokojniejszy, chociaż dręczyły mnie wyrzuty sumienia. Musiałem bardzo ją wystraszyć. Sięgnąłem do lodówki po piwo, zrobiłem sobie kanapki, dużą kawę i usiadłem do komputera. Przejrzałem pocztę, poserfowałem po necie.

Wyłączyłem laptopa. Nie miałem siły się rozebrać. Położyłem się na kanapie, naciągnąłem na siebie koc i zasnąłem. Budziłem się w nocy kilka razy, miałem głupie, męczące sny. Wstałem w południe.

* * *

– Co z nim zrobisz? Ten pieprzony gryzipiórek może nas nieźle załatwić – Jaskulski był wystraszony.

– Po wizycie chłopaków u jego kochanych rodziców powinien nabrać rozumu. Nikt przy zdrowych zmysłach nie ryzykowałby bardziej. Na pewno jest posrany ze strachu.

Zresztą wiem, czym dysponował, miał trochę nazbieranego gówna, o wydawnictwie, o skubaniu kasy z subwencji, o mojej, kurwa, willi na Korsyce, o prowizjach, jakie ci płaciłem.

– Ja tam nie byłbym taki pewny, że gnój zamilknie!

– A jeśli nawet, to w sumie i tak niewiele wie. Nie ma pojęcia o transferach na Cypr, gdzie umoczyliśmy połowę kasy, ani o moich pożyczkach u Szymesa, ani o szczegółach kilku dużych biznesów. Może mnie w dupę pocałować…

– Jak przewąchałeś, czym dysponuje?

– Podesłałem mu taką rudą kurew. Znam jego słabe punkty. Pierdolony romantyk, ha, ha, ha – zarechotał Lisoń. Był bardzo z siebie zadowolony. Miał powody. Właśnie przypisał sobie zasługi Rolskiego.

– I tak od początku za dużo wiedział. Nie masz się z czego cieszyć. Już zapomniałeś, jak cię szlag trafiał po każdym artykule Nicpońskiej? Jeśli puści resztę materiałów, to… – Jaskulski nadal był mocno spanikowany. Słowa lidera wcale go nie uspokoiły.

– Coś z tym zrobimy. Pomyślę. Na razie zachowujmy się, jakbyśmy nadal o niczym nie mieli pojęcia. – Lisoń wszedł mu w słowo.

– Może by ci twoi pomagierzy spuścili mu profilaktyczny wpierdol?

– Nie ma takiej potrzeby. Przynajmniej na razie.

Jaskulski wyszedł z gabinetu, a przewodniczący stanął na moment przy oknie. „Spuścić Dymarczykowi manto to niezły pomysł" – pomyślał z satysfakcją. Za chwilę podszedł do biurka, by przygotować się do konferencji, którą zaplanował w związku z opuszczeniem przez kilku posłów szeregów jego formacji.

* * *

Przez parę kolejnych dni nie miałem odwagi pojawić się w biurze partii. Nikt z „Teraz Zmiana" również się ze mną nie kontaktował. Niepokoiłem się o rodziców, na szczęście bandycka wizyta już się nie powtórzyła. Mama nalegała jednak, bym do nich przyjechał. Zamartwiała się. Martwił się o mnie również Bogdan, dzwonił prawie codziennie. Iwona się nie odzywała. Ciągle sprawdzałem, czy napisała choćby krótką wiadomość. Jej telefon był wyłączony. Numer, z którego wysłała ostatni SMS, znajdował się poza siecią.

Nadszedł piątkowy wieczór. Zgłodniałem. Zajrzałem do lodówki, ale znalazłem tam wyłącznie piwo i wódkę. Zacząłem więc szukać numeru do dostawcy pizzy, by jak za starych, dobrych czasów zamówić sobie obiadokolację z podwójnym serem. W tym momencie zadzwoniła... Iwona. Odebrałem. Zapytała, czy jestem w domu i oznajmiła, że przyjdzie za pół godziny. Ucieszyłem się. Cholernie się ucieszyłem. Zapomniałem o pizzy i o rozpoczętym piwie.

Stałem w korytarzu, czekając na dźwięk domofonu. W końcu delikatne piknięcie powiadomiło o wpisaniu poprawnego kodu. Usłyszałem, jak na piętrze zatrzymała się winda. Po chwili rozległy się kroki. Iwona szła powoli, jakby z wahaniem. Otworzyłem drzwi.

– Cześć... – Nie miała makijażu. Była smutna.

– Cześć, wchodź. – Niczego więcej nie potrafiłem powiedzieć.

Tęskniłem za nią i martwiłem się. Pomogłem zdjąć płaszcz. Chciałem ją pocałować, ale nie pozwoliła. Pomyślałem, że pewnie jest na mnie zła. Miała prawo. Naraziłem ją przecież na potężny stres.

– Najpierw porozmawiajmy. – Uciekała wzrokiem. Nie wyglądała na rozzłoszczoną, raczej na skrępowaną.

– Zrobić ci kawę, może coś do jedzenia?

– Nie, dziękuję. Napiłabym się tylko wody.

Usiedliśmy w pokoju.

– Przepraszam, że wpakowałem cię w taką sytuację. Próbowałem cię ochronić. Po prostu... – Znów przyciągnąłem ją do siebie. Odsunęła się. Poczułem zaniepokojenie.

– Muszę ci coś wyjawić. Gdy skończę, pewnie mnie znienawidzisz. Ale chcę, żebyś wiedział... Zakochałam się w tobie... – Po policzkach popłynęły jej łzy.

Niczego nie rozumiałem. Zakochała się we mnie??? To akurat dobrze wiedziałem. Też ją kochałem, byłem tego pewny jak niczego nigdy wcześniej. Serce zaczęło mi walić, a ręce drżały. Zapaliłem papierosa i zacząłem słuchać. Z każdym kolejnym słowem zapadałem się w sobie.

Opowiedziała mi swoją historię. Nie spotkaliśmy się przypadkiem. Poseł Rolski podstawił mi ją, bo chciał, by uzyskała o mnie jak najwięcej informacji. Stąd jego nagłe zaproszenia do knajpy i ruda kobieta, którą pokochałem... Dowiedziałem się, że Iwona spłaca ogromne długi matki. Szantażowana przez Rolskiego, skopiowała i przekazała mu zawartość mojego prywatnego archiwum w komputerze, a przynajmniej większą część. Chciała się z całej tej sytuacji wycofać, ale Rolski groził błyskawiczną egzekucją długów. Włącznie z licytacją mieszkania. Nie blefował, w końcu był posłem z układami. Wizyta bandziorów w domu moich rodziców miała bezpośredni związek z tym, co Iwona zrobiła.

Mówiła o tym wszystkim i płakała. Powtarzała w kółko: „Wybacz mi, kocham cię, przepraszam, co mam teraz zrobić...". Szok. Siedziałem nieruchomo. Byłem w totalnej rozsypce. Sam nie wiedziałem, co czuję – wściekłość, żal... Miłość? Nienawiść?

Przylgnęła do mnie kurczowo, jakby bała się, że za chwilę wyrzucę ją za drzwi. Odepchnąłem ją.

– Spieprzaj... Nie chcę cię więcej widzieć. – Nie krzyczałem, choć rozsadzała mnie złość.

Wpadła w histerię. Rzuciła mi się do nóg. Objęła je kurczowo. Powtarzała w kółko: „Przepraszam, przepraszam..."

– Wynoś się! – Nie mogłem na nią patrzeć. Odwróciłem się do okna.

Rozszlochała się na dobre. Po chwili usłyszałem, jak wciąż płacząc, wstaje i wychodzi. Trzasnęły drzwi. Drżącymi rękami chwyciłem szklankę z wodą, której Iwona nawet nie tknęła i wypiłem. Mój świat się zawalił. Mimo późnej pory zatelefonowałem do Bogdana. Powiedziałem w krótkich słowach, co się stało. Kazał natychmiast przyjechać. Pojawiłem się u niego tuż przed północą. Opowiadałem, a on tylko kiwał głową. Bo co można rzec w takiej sytuacji? Nie oczekiwałem rad ani wsparcia. Chciałem tylko, żeby mnie wysłuchał. Odchodziłem od zmysłów. Zdrada Iwony bolała jak cholera. Zaproponował, bym został u niego na noc, ale wolałem wrócić do domu.

Około drugiej byłem u siebie. Poszedłem do kuchni po piwo. Wtedy otrzymałem SMS: „Przepraszam Cię. Mam nadzieję, że kiedyś mi wybaczysz. Iwona". Nienawidziłem jej za to co mi zrobiła, a przysłana wiadomość jeszcze bardziej mnie wkurzyła. Przecież ta ruda bladź oszukiwała mnie od samego początku! Wszystko było jednym wielkim kłamstwem. Wyciągnąłem z lodówki nie piwo, a butelkę wódki i nalałem pół szklanki. Wypiłem duszkiem. Nie pomogło. Zawlokłem się do pokoju i opadłem na łóżko. Długo przewracałem się z boku na bok. W końcu zasnąłem.

Obudził mnie chyba jakiś szelest. Zanim otworzyłem oczy, poczułem, że coś jest nie w porządku. Próbowałem się zorientować, co się dzieje. Dostrzegłem cień człowieka stojącego nade mną i poczułem ukłucie w przedramię. Obraz poszarzał. Odpłynąłem.

* * *

Siedziałem na krześle. Nie miałem pojęcia, gdzie jestem. Chciałem wstać. Nie mogłem. Ręce i nogi miałem spętane elektrycznymi opaskami, które kojarzyłem z oglądanych w telewizji dokumentów o islamskich terrorystach. Przez moment pomyślałem, że to senny koszmar. Dostałem otwartą dłonią w twarz. Zabolało. To nie był sen.

– Budzi się nasza księżniczka.

Przede mną stał osiłek o gębie goryla.

– I co, dupku? Wiesz, gdzie jesteś? – Bydlak śmiał się ze mnie. Zdałem sobie sprawę, w jak nieciekawej sytuacji się znajduję.

Pokręciłem przecząco głową.

– No i się nie dowiesz.

Teraz przyjąłem potężny cios w brzuch. Facet potrafił uderzyć. Zwymiotowałem.

– Ooo... nasz bohater się porzygał. – Rechotał na całe gardło.

Byliśmy w jakiejś opuszczonej fabrycznej hali lub w miejscu, które ją przypominało. Nie wiedziałem, ile czasu tu jestem.

– Co mamy z nim zrobić? – odezwał się głos z tyłu.

– Na razie przygotować na rozmowę...

Znów zainkasowałem cios w twarz. Poczułem krew w ustach.

– ...dopiero potem dostanie wpierdol.

– Chcesz zapalić? – Gość z tyłu wynurzył się z cienia. Włożył mi papierosa w usta. Podał ogień. Zaciągnąłem się. Ręce miałem skrępowane, ale jakoś sobie radziłem.

– I po co ci, chuju, to było?

Wyplułem papierosa na ziemię.

– Co, nie smakuje ci?

– Trudno się pali ze związanymi rękami – powiedziałem niewyraźnie. Dolna warga była spuchnięta.

– Sorry, chłoptasiu, w tej sprawie to my mamy związane ręce. – Mięśniak znów zaśmiał się z własnego dowcipu.

– Gdzie jest ta pizda? Nie będę tu siedział do północy.

– Drugi facet najwyraźniej się niecierpliwił.

Łeb mi pękał i miałem mdłości. Nie wiem, czy od bicia, czy od czegoś, czym mnie nafaszerowali. Domyślałem się, że czekają na kogoś. Pewnie na Lisonia.

– Spokojnie, zaraz dojedzie. – Osiłek poszedł w kierunku małego zakratowanego okna. – O, już jest!

Usłyszałem dźwięk podjeżdżającego samochodu. Odetchnąłem głęboko. Bałem się, że to dopiero początek, choć chyba jednak nie chcieli mnie zabić. Może nastraszyć, ale jeśli tak, to spokojnie mogli kończyć przedstawienie. Srałem ze strachu po gaciach.

Gdzieś w głębi hali otworzyły się drzwi.

– No jesteś, kurwa, w końcu. – Obaj mieli dość czekania.

225

– Sorry, że się spóźniłem. O, nareszcie mam szansę poznać Nicpońską!

Znałem ten głos. Lisoń stanął przede mną, chwilę na mnie patrzył, splunął mi pod nogi i strzelił w gębę. Cios był jak pogłaskanie w porównaniu z poprzednimi. Jednak i tak zabolało.

– Wiesz, za co? – wysyczał.

– Za miłość do ojczyzny?

– No co za niewdzięczna kurwa, a ja mu dałem dwójkę w wyborach!

Dostałem drugi raz, mocniej. Ale się trzymałem.

– Nie chcę z tobą, szmaciarzu, długo gadać.

Pokiwałem głową. Też nie miałem ochoty z nim długo gadać. Chciałem wrócić do domu.

– Masz zamiar jeszcze coś pisać na mój temat?

– Nie… – odpowiedziałem. Mimo to znów walnął mnie w twarz. Tym razem z pięści. Był wściekły. Spojrzałem mu prosto w oczy. Wtedy rzucił się na mnie i zaczął dusić. Dwóch pozostałych odciągnęło go. Zacząłem kaszleć, z trudem łapałem oddech.

– Pojebało cię, Lisoń?! Różne rzeczy się robiło, ale już nie te czasy. Wyluzuj… – odezwał się bandzior.

– Nie mogę tej mendy słuchać! Rozpierdoli mi wszystko! – wrzasnął rozwścieczony. – Jeśli cokolwiek opublikujesz, będziesz gorzko żałować… Rozumiesz, kurwo, czy nie?!

Podszedł do mnie i nieoczekiwanie przystawił mi do głowy lufę pistoletu.

– Ty kretynie, odłóż to! – Jeden z zakapiorów rzucił się na niego i zdołał go odepchnąć.

Czułem, że zlałem się w spodnie. Lisoń był świrem. Teraz miałem stuprocentową pewność. Bałem się go.

– Zbieraj się stąd, Lisoń. Sami dokończymy z nim rozmowę. Odwaliło ci dokumentnie! Przekażę „pierwszemu", co odpierdalasz. – Gość miał dość furiata.

Przewodniczący „Teraz Zmiana" zaklął szpetnie, minął mnie i wyszedł z hali. Usłyszałem, jak z piskiem opon odjechał. Wziąłem głęboki oddech. Teraz albo będą mnie bić dalej, albo straszyć, albo jedno i drugie. Może w końcu wypuszczą. W lepszym lub gorszym stanie.

– Trzeba złożyć raport. Nie da się z nim pracować. Ma zryty beret! – Z tyłu koledzy od mokrej roboty toczyli rozmowę, jakby mnie tu już nie było.

– Co z nim? – zapytał osiłek. Teraz chodziło o mnie.

– Wytłumacz mu, w co wdepnął. Lepiej, żeby zrozumiał. Kończ to szybko, na dziś mam dosyć.

Goryl klęknął przede mną. Miałem jego nieociosaną twarz na wysokości oczu.

– Nie wyglądasz dobrze, na razie nie udzielaj wywiadów w mediach. – Znów się roześmiał. – A tak konkretnie to w ogóle nie udzielaj wywiadów. Widzisz, do czego nas zmusiłeś? Rozwiążę ci ręce i dam papierosa. Jeśli będziesz grzeczny, za chwilę odwieziemy cię do domciu. Poniał?

Pokiwałem głową. Rozciął plastikowy pasek, który pętał mi dłonie, ścierpnięte i cholernie zimne. Roztarłem przeguby.

– Jeśli nie chcesz mieć z nami do czynienia, nic nie pisz o Lisoniu, tym bardziej w trakcie kampanii prezydenckiej. Rozumiemy się?

– Tak.

Żebym lepiej zapamiętał, znów zdzielił mnie otwartą dłonią w mordę. Nie zdążyłem się zasłonić. Obita twarz paliła żywym ogniem.

– Dobra, gnojek ma dość i chyba już wszystko zrozumiał. Spierdalamy.

Odcięli opaski przy nogach i powlekli mnie do samochodu. Wepchnęli na tylne siedzenie. Jeden z nich usiadł obok, kazał wcisnąć głowę między nogi. W tej pozycji spędziłem całą podróż. Po jakiejś godzinie byłem pod swoim blokiem.

– Wypad z auta!

Wyczołgałem się z samochodu i powlokłem się w kierunku klatki. Na szczęście nikogo po drodze nie spotkałem.

Gdy obejrzałem się w lustrze, stwierdziłem, że co najmniej przez tydzień nie będę się mógł nigdzie pokazać. Zrzuciłem z siebie zakrwawione ubranie i wszedłem pod chłodny prysznic. Musiałem się doprowadzić do porządku. Po kąpieli dowlokłem się do kuchni w poszukiwaniu środków przeciwbólowych. Połknąłem kilka pastylek. Zanim położyłem się do łóżka, wysłałem SMS do Bogdana: „Przyjedź jak najszybciej". Nawet nie wiem, kiedy zasnąłem.

Obudziłem się, bo miałem wrażenie, że znów ktoś nade mną stoi. Zerwałem się na równe nogi. Mój stan psychofizyczny znacznie odbiegał od normy. Jednak nie miałem zwidów, to Bogdan.

– Jak tu wszedłeś? – zapytałem zachrypniętym głosem.

– Drzwi były otwarte... Co ci się stało?! Wyglądasz, jakbyś się zderzył z ciężarówką. Chyba powinniśmy pojechać do szpitala... – Przyjaciel fachowo określił mój stan.

– Nie trzeba, daj spokój. – Z trudem usiadłem na brzegu łóżka. – Co tu robisz? Która godzina?

– Stary, wysłałeś SMS. Jest siedemnasta, nie odbierałeś telefonu. To chyba naturalne, że przyjechałem.

– Fakt, nie jestem w najlepszej formie. Ale już w porządku.

– Widziałeś się w lustrze? Jeśli nie do szpitala, to przynajmniej pojedźmy na policję. Kto cię pobił? Ktoś od Lisonia?

Opowiedziałem mu w kilku zdaniach, co zaszło, pomijając bardziej drastyczne szczegóły. Zapewniłem, że teraz nie ma powodów do obaw. Nie był do końca przekonany ale, jak się wyraził, „liczył na mój rozsądek”.

Oddał mi pendrive z informacjami, które ode mnie dostał. Gdy zapoznał się z najnowszymi, przestraszył się.

– Sorry, nie chcę mieć z tą sprawą nic wspólnego – powiedział. – Przejrzałem dokumenty w zaktualizowanym katalogu. Wiesz, że to dotyka najważniejszych osób w państwie? Nie zrozum mnie źle. Mam rodzinę. Boję się. Nigdy tego nie widziałem, OK? Nigdy! Pieprzyć Lisonia, jest tylko płotką. Dobrze ci radzę, przyjacielu, pozbądź się tego gówna. I zapomnij, że kiedykolwiek w ogóle to miałeś.

Słuchałem go uważnie, chyba miał rację. Wczorajsze zdarzenie było ostrzeżeniem. Dobrze, że skończyło się na mordobiciu. Boguś rzadko się mylił. I z pewnością dobrze mi życzył.

– Jeśli czegokolwiek będziesz potrzebował albo działoby się coś niepokojącego, natychmiast daj mi znać. Pożegnał się. Poprosiłem, żeby o tym, co mnie spotkało, nikomu nie mówił. Poza naczelnym.

Kolejne dwa tygodnie kurowałem się w domu. Stary, powiadomiony przez Bogusia o sytuacji, dał mi dodatkowy miesiąc urlopu. Dla własnego bezpieczeństwa miałem nic nie pisać, no i się kurować. Po tygodniu czułem się już całkiem nieźle, tylko twarz wyglądała jak po starciu z Tysonem.

W końcu wróciłem do pracy z nadzieją na obiecany awans. Pisałem o wszystkim, tylko nie o polskiej polityce. Szef koncernu dotrzymał słowa. Gdy na emeryturę odszedł dotychczasowy zastępca redaktora naczelnego, zastąpiłem go. Wreszcie otrzymałem moją długo wyczekiwaną nagrodę. Zasłużyłem na nią, chociaż nie miałem pojęcia, że będzie tak drogo okupiona. Oczywiście z partii mnie wyrzucili pod jakimiś błahym pretekstem, o czym zostałem powiadomiony lakonicznym e-mailem. Moje życie normalniało. Wyglądało na to, że nic złego już nie może mnie spotkać.

Ciągle wspominałem Iwonę. Było to silniejsze ode mnie. Nie ułatwiała mi rozstania, bo dzwoniła natarczywie co kilka dni. W końcu zablokowałem jej numer w iPhonie. Nie chciałem jej znać. Próbowałem zapomnieć. Wymazać z pamięci. Miało się to okazać trudniejsze, niż przypuszczałem.

Rozdział 10

Paskudna listopadowa pogoda była lustrem mojego nastawienia do życia. Szaro, zimno i wietrznie. Przygnębiająco. Żarłem pizzę i oglądałem telewizję. Gdy któregoś dnia na ekranie zobaczyłem Lisonia opowiadającego o odpowiedzialności za państwo, nie wytrzymałem. Rzuciłem pilotem o ścianę. Rozbił się na drobne kawałki, a przewodniczący nadal gadał. Podszedłem do odbiornika i wyłączyłem go, ale wcale nie poprawił mi się nastrój. Dochodziła dziewiętnasta. Usiadłem do komputera, by przejrzeć najnowsze szkice tekstów... Przynajmniej tu nie było nic o Lisoniu. W tym momencie na blacie biurka zaczął drżeć telefon. Numer zastrzeżony.

– Natychmiast zejdź na dół. Pod domem czeka czarne audi. Wsiądź do niego. Zabierz archiwa. Wiesz, o czym mówię. Tylko nie zapomnij wziąć wszystkich nośników. I laptopa.

Przeraził mnie głos po drugiej stronie.

– Dlaczego mam to zrobić? – zapytałem, żeby zyskać na czasie. Jednak czułem, że i tak nie dadzą mi wyboru.

– Chcesz mieć na sumieniu fajną, rudą dupę? Ma myśli samobójcze. Jeśli się nie sprężysz, dziewczyna w ciągu godziny się wyhuśta. Widzę obłęd w jej oczach. Sam posłuchaj...

– Tomku, proszę... – Usłyszałem dobrze mi znany, zapłakany głos.

– No więc jak, panie dziennikarzu? Ma fajne cycki, jędrne… – Nie żartował, ścierwo! W tym momencie dotarł do mnie krzyk Iwony i odgłos uderzenia w twarz.

– Nic jej nie róbcie! Idę.

– Mądra decyzja – powiedział sukinsyn i dodał: – Zostaw ją! – To było do kogoś w tle. Rozłączył połączenie.

Spakowałem laptopa, zabrałem pendrive'y, pośpiesznie się ubrałem i wybiegłem z mieszkania. Pod blokiem stało czarne audi z pracującym silnikiem. W środku dostrzegłem dwie sylwetki. Usiadłem z tyłu. Nie przywitałem się. Oni również się nie odzywali.

Kilka kilometrów za Warszawą zatrzymali samochód na poboczu. Bałem się, że to koniec. Każdy wierzący w mojej sytuacji zacząłby się modlić. Ja przymknąłem tylko oczy. Chciałem żyć.

Jeden z kolesiów wysiadł z auta i otworzył drzwi po mojej stronie. Na głowę włożył mi czapkę, która szczelnie zakryła oczy. Potem usiadł na swoje miejsce. Samochód ruszył. Odetchnąłem. To nie był jeszcze mój czas.

Podróż mogła trwać pół godziny albo godzinę. Nie miałem pojęcia. Myślałem tylko o Iwonie. Nie chciałem, by cokolwiek jej się stało. Potwornie się o nią bałem.

Wprowadzili mnie do jakiegoś pomieszczenia. Znajdowałem się w tej samej fabrycznej hali, w której zostałem pobity parę tygodni temu. W rogu stało krzesło, siedziała na nim, tyłem do mnie, Iwona. Ścisnęło mnie w gardle. Próbowałem do niej podejść, ale zza filara wynurzył się wielki, prawie dwumetrowy facet ze szramą na policzku. Stanął mi na drodze.

– Przywiozłeś? – burknął.

– Co jej zrobiliście? – Siedziała nieruchomo. Patrzyłem na nią z przerażeniem.

– Dawaj materiały, kurwa! – Moje rozterki miał gdzieś. Podałem temu ze szramą torbę z laptopem i pendrive. Wyciągnąłem z kieszeni kurtki klucze, do których był przyczepiony drugi nośnik. Odpiąłem go i również oddałem.

– Sprawdź go!

Inny bydlak fachowo mnie przeszukał.

– Niczego więcej nie ma. Nie jest odrutowany. – Strzelił mnie dłonią w potylicę, a później kopnął w zgięcia kolan. Upadłem na beton. Poczułem przenikliwy ból.

– Waruj do odwołania. Ręce do tyłu! – Któryś spiął mi przeguby opaską.

Bałem się, że już stąd nie wyjdę. Ani ja, ani Iwona. „Skończony ze mnie dureń, teraz zabiją nas oboje" – pomyślałem.

– Przejrzyj to. – „Szrama" oddał przyniesione przeze mnie rzeczy drugiemu z typów, którzy mnie przywieźli. Gość wyszedł z całym majdanem do sąsiedniego pomieszczenia.

– Tym razem chcemy zobaczyć całe twoje archiwum, bo koledzy z firmy przekazali nam niepokojące sygnały. Książkę piszesz, nie? – Facet z pokiereszowanym ryjem uderzył mnie w brzuch. Profesjonalnie.

Przewróciłem się na bok. Nie mogłem złapać oddechu.

– Nie bij go, skurwysynu! – To był głos Iwony... Żyła.

– Zamknij się, suko!

Usłyszałem silne plaśnięcie dłoni w twarz. Zapadła cisza.

– Piszę, ale tylko o partii! – wyjęczałem.

Chwycił mnie za szmaty i podniósł. Znów byłem na kolanach. Z trudem zachowywałem pozycję klęczącą. Przywalił mi w pysk. Pięścią, lecz nie tak silnie, jakby mógł. Widocznie nie chciał, żebym stracił przytomność.

– Papierosa?

Pokiwałem twierdząco głową.

Odpalił fajkę i wsadził mi w usta. Zaciągnąłem się. Z oczu płynęły mi łzy.

– Nie płacz. Długo to nie potrwa.

– To przez dym – powiedziałem niewyraźnie, przytrzymując zębami filtr.

– Na razie musisz być związany. Dopóki nie upewnimy się, czym dysponujesz – mówił bardzo powoli i spokojnie.

Po kwadransie poczułem, jak mrowieją mi kolana. Nogi mi ścierpły. Do hali wszedł koleś „Szramy".

– Dużo ma tego gówna, szefie. Dużo… – Pokazał mu ekran włączonego komputera. Zobaczyłem, że nie był to mój laptop. Musieli mieć własny sprzęt.

– Czy w książce znalazło się już coś z tych nowych folderów? – Na ekranie monitora wskazał dobrze mi znane katalogi.

Pokręciłem przecząco głową. Wyplułem z ust papierosa.

– Przygotuj linkę. Najpierw powiesimy rudą – rzucił do kompana.

Poczułem przeraźliwe zimno. W oczach mi pociemniało. – Może przedtem tę dziwkę zerżniemy? Taka fajna dupa, szkoda, żeby się zmarnowała. – Pomagier „Szramy" stał przy wierzgającej Iwonie i przez ubranie macał jej piersi.

– Zostawcie ją, do cholery! Oddałem wam wszystko. Czego jeszcze chcecie?

– Chcemy mieć pewność, że mówisz prawdę – odezwał się któryś. Nie widziałem go, bo stanął w cieniu.

– Jaro, co zamierzasz zrobić z tą szmatą? – olbrzym zwrócił się do bydlaka nadal obmacującego Iwonę. Zdzielona w twarz, przestała protestować. Może zemdlała.

– Zamiast mówić, lepiej pokażę. – Rozerwał jej bluzkę. – Fajne ma cycki. Takie jak lubię, nie za duże.

Patrząc w moim kierunku, zaczął rozpinać rozporek.

– Zostawcie ją, zrobię, co tylko chcecie!– wykrzyczałem z całych sił.

– Odpuść! – „Szrama" wydał polecenie.

Gnój zapiął rozporek.

– Twoich archiwów już nie ma! Nigdy do tego nie wrócisz. Nawet gdy będzie ci się zdawało, że o tobie zapomnieliśmy. Gdzieś jeszcze skitrałeś jakieś kopie?

W chmurze, na serwerach, u kogoś z redakcji lub z wydawnictwa?

– Nie, nie mam żadnych kopii – skłamałem. – Wypuśćcie mnie i dziewczynę – wyjęczałem.

– Jaro, uwolnij go! – Bydlak podszedł i rozciął pasek krępujący mi ręce.

Obolały stanąłem na nogi. Niezatrzymywany przez nikogo podszedłem do siedzącej na krześle Iwony. Była taka bezbronna. Dotarło do mnie, że mogli ją zabić. Zerknąłem na nią. Miała podbite oko, a z rozciętej wargi sączyła się strużka krwi. Zdjąłem kurtkę i okryłem ją. Wtedy spojrzała na mnie półprzytomnym wzrokiem. Przykucnąłem.

– Już dobrze, zaraz stąd pójdziemy... – wyszeptałem. Nadal przywiązana była do oparcia.

– Możecie ją uwolnić? Przecież dostaliście to, czego chcieliście... Nie jesteśmy wam do niczego potrzebni.

„Szrama" kiwnął na kumpla, a ten bez słowa rozciął więzy Iwony. Chwilę potem olbrzym podszedł do nas.

– Na koniec zapamiętaj! Gdybyśmy kiedykolwiek mieli się jeszcze zobaczyć, będzie to nasze ostatnie spotkanie. Czego ani tobie, ani sobie nie życzę. Zabierz panienkę i spierdalaj! Wszystkiego dobrego na nowej drodze życia. – Wykrzywił twarz w uśmiechu.

– Jaro, odwieź pana dziennikarza i jego narzeczoną do domu! – Najwyraźniej miał nas dość.

Podjechali blisko klatki. Iwona nie była w stanie sama wyjść z samochodu. Pomogłem jej. Musiałem ją podtrzymywać, bo z trudem utrzymywała się na nogach. Gdy dotarliśmy do mieszkania, od razu położyłem ją do łóżka. Podałem leki przeciwbólowe. Szybko zasnęła. Myślałem o tym, że tak niewiele brakowało i straciłbym ją na zawsze. Kochałem ją. Miłość jest cholernie irracjonalna.

Rano wstałem pierwszy. Pokręciłem się po mieszkaniu, ale już po chwili wróciłem do sypialni. Usiadłem obok mojej śpiącej dziewczyny. Patrzyłem na nią z czułością. Mimo że miała poobijaną twarz, nadal była piękna. Czując jej bliskość, zapach, zrozumiałem, jak bardzo mi Iwony brakowało. To, że zawiodła moje zaufanie, zdradziła, zeszło na dalszy plan.

Obudziła się. Wyglądała na przestraszoną.

– Już idę… już mnie nie ma… – Nie patrzyła mi w oczy. Zebrała swoje rzeczy z krzesła i niezdarnie zaczęła się ubierać.

– Zostań… – Chwyciłem ją za rękę.

Stanęła nieruchomo i przyglądając mi się z niedowierzaniem, zapytała: – Naprawdę tego chcesz?

Kiwnąłem tylko głową.

– A czy będziesz umiał mi zaufać?… Tego, co zrobiłam, nikt nie potrafiłby wybaczyć…

– Spróbuję… postaram się – odpowiedziałem z wahaniem. Nie wiedziałem, czy będę potrafił, ale przynajmniej chciałem dać nam szansę.

– Nigdy cię nie zawiodę, obiecuję. Kocham cię.

Tak bardzo chciałem to usłyszeć. Przyciągnąłem ją do siebie i przytuliłem.

* * *

Nadeszła wiosna. Lisoń wraz ze swoją formacją był już dla mnie przebrzmiałą melodią. Partię „Teraz Zmiana" podobnie traktowały wszystkie media. Odchodziła w niebyt. Na krótko zainteresowanie nią wzrosło, gdy lider oficjalnie ogłosił swoje kandydowanie na najwyższy urząd w państwie. Politolodzy i komentatorzy pukali się w głowę, twierdząc, że raczej to się nie uda. Jednak Lisoń tradycyjnie nikogo nie słuchał. Miał wysokie aspiracje i mocodawców, dla których jego polityczny teatr był z jakiegoś powodu ważny. Szczerze mówiąc, gówno mnie to obchodziło. Notowania Lisonia dramatycznie spadły. Mimo to niezłomnie jeździł po Polsce z topniejącym w oczach sztabem. Jakby tego było mało, tuż przed wyborami odeszło od niego kilku kolejnych posłów. Miałem wrażenie, że to nie przypadek. Chyba zdawał sobie z tego sprawę również przewodniczący, ale robił dobrą minę do złej gry. Wywiady, których z rzadka udzielał w telewizji, wskazywały, że coraz trudniej było mu ukryć negatywne emocje.

Po długim majowym weekendzie pojechałem z Iwoną na uczelnię. Musiała coś jeszcze skonsultować w związku z magisterką. Miałem godzinę dla siebie. Usiadłem na jednej z ławek na dziedzińcu uniwersyteckim. Czekałem na moją dziewczynę. Paliłem papierosy i delektowałem się słońcem. Czułem się zrelaksowany. Przymknąłem oczy.

– Cześć, młody! – Głos zabrzmiał znajomo. Spojrzałem na przysiadającego się do mnie gościa. Wysoki, mocno zbudowany, ze szramą na policzku. Mimo oślepiającego słońca rozpoznałem go natychmiast. To był bydlak, którego więcej miałem nie spotkać. Zmroziło mnie. W pierwszym odruchu usiłowałem wstać. Błyskawicznie chwycił mnie za rękę i przytrzymał.

– Siedź spokojnie i posłuchaj! Coś ty taki narwany? Serce podeszło mi do gardła, byłem jak sparaliżowany. Nawet gdybym chciał się teraz ruszyć, chyba by mi się to nie udało. Próbowałem nie dać po sobie poznać strachu.

– Czego pan chce? Trzymam się ustaleń. Nie puściłem pary z ust. Niczego nie pamiętam. Niczego nie wiem – powiedziałem powoli i wyraźnie. – Staram się też zapomnieć pańską niewyjściową gębę.

– Nawet można by cię polubić za ten twój niewyparzony jęzor. – Wykrzywił twarz w grymasie, który uznałem za uśmiech.

Mnie tam wcale nie było wesoło. Zamilkłem i czekałem, co jeszcze powie. Raczej nie przyszedł tu po to, by porozmawiać ze mną o polityce.

– Oglądaj pilnie wiadomości w najbliższych dniach. Historia z Lisoniem dla nas wszystkich już się kończy... Dobrze wyglądasz – dodał. – Posada wicenaczelnego ci służy. I niech tak zostanie. Bądź mądry. No i uważaj na siebie! Wypadki chodzą po ludziach...

Znów na jego pokiereszowanej gębie pojawiło się coś na kształt uśmiechu. Wyciągnął do mnie rękę, którą, chcąc nie chcąc, uścisnąłem.

– Tylko tyle ci chciałem powiedzieć. Cześć!

Po chwili „Szrama" szybkim krokiem odszedł w kierunku głównej bramy uniwersytetu.

* * *

Wybory prezydenckie nie przyniosły większych niespodzianek. Lisoń z wynikiem 1,67 proc. nie dostał się do drugiej tury, za to na pierwsze miejsce wysforował się kandydat największej prawicowej frakcji parlamentarnej. Wszystko wracało do dawnej, ustalonej na najwyższych szczeblach równowagi, a przewodniczący „Teraz Zmiana" odchodził w polityczny niebyt.

Życie zaczęło się wreszcie toczyć zwykłym leniwym rytmem. Ten dzień miał przypominać jeden z wielu. Musiałem być wcześniej w robocie, bo w poniedziałki zbierało się kolegium redakcyjne. Pospiesznie dopijałem kawę, kiedy zadzwonił Bogdan.

– Włącz telewizor! – Nawet się ze mną nie przywitał, tylko rzucił krótki komunikat.

– A co, transmisję mszy nadają? Który kanał?

– Którykolwiek informacyjny. Nie rozłączaj się!

Wrzuciłem TV24. Dziennikarz stał przy jakiejś drodze. Za nim widać było policyjne radiowozy i karetkę pogotowia. W tle majaczył wrak samochodu owinięty wokół drzewa.

– No co? Kolejny debil zaliczył drzewo. Dlatego do mnie dzwonisz z samego rana?!

– Wiesz, kto zginął w tym wypadku? – Mój przyjaciel wydawał się bardzo przejęty.

Zacząłem czytać treść czerwonego paska, który przewijał się na dole ekranu: *We wczesnych godzinach porannych, w wypadku samochodowym zginął Jan Lisoń, szef partii „Teraz Zmiana". Szczegóły zdarzenia bada policja.*

Nie byłem w stanie wydusić z siebie słowa.

– Myślisz, że to zbieg okoliczności? Bo ja uważam, że go załatwili. – Rozgorączkowany Boguś nie pozwalał mi zebrać myśli.

Przypomniało mi się niedawne nieprzyjemne spotkanie na dziedzińcu uniwersytetu i fragment rozmowy: „Historia z Lisoniem dla nas wszystkich już się kończy"...

– Musimy pilnie pogadać. Bądź w „Opiniach" tak szybko, jak to możliwe – powiedziałem i rozłączyłem się.

Zabrałem ze stołu fajki, kluczyki do auta i pośpiesznie wyszedłem z mieszkania. W windzie próbowałem myśleć racjonalnie. To przecież mógł być zwykły wypadek. Może Lisoń jechał zbyt szybko? Lubił brawurę...

A jeżeli nie?... Był dla kogoś aż tak niewygodny?! Cholera jasna!!!

Podszedłem do samochodu. W ręku trzymałem kluczyki. „No i uważaj na siebie! Wypadki chodzą po ludziach." – przywołałem w pamięci krzywy uśmiech faceta ze szramą i słowa, jakimi się ze mną pożegnał.

Zawahałem się...

„Mam się całe życie bać? Pieprzyć to!" – pomyślałem ze
złością. Otworzyłem drzwi auta i usiadłem za kierowni-
cą. Zapaliłem papierosa i włożyłem kluczyk do stacyjki...

KONIEC

SPIS TREŚCI

www.ingramcontent.com/pod-product-compliance
Lightning Source LLC
Chambersburg PA
CBHW071146170626
46809CB00002B/792